O SISTEMA DO DR. TARR E DO PROF. FETHER

O sistema do Dr. Tarr e do Prof. Fether

Edgar Allan Poe Bruno Godoi

INSÍGNIA

EDITOR: Felipe Colbert

DESIGN & PRODUÇÃO: Equipe Insígnia

ILUSTRAÇÕES DA CAPA E QUARTA CAPA: Adobe Stock

ILUSTRAÇÕES DAS PÁGINAS 15, 45, 75 E 105: Freepik

ILUSTRAÇÕES DAS PÁGINAS 5, 126, 127 E 128: Adobe Stock

Publicado por Insígnia Editorial
www.insigniaeditorial.com.br
Instagram: @insigniaeditorial
Facebook: facebook.com/insigniaeditorial
E-mail: contato@insigniaeditorial.com.br

Impresso no Brasil.

Dados Internacionais de Catalogação na Publicação (CIP)
(Câmara Brasileira do Livro, SP, Brasil)

Poe, Edgar Allan, 1809-1849
O sistema do Dr. Tarr e do Prof. Fether / Edgar Allan Poe ; tradução Bruno Godoi , Danielle Tavares. -- São Paulo : Insígnia Editorial, 2021.

Título original: The Dr. Tarr and Prof. Fether
ISBN 978-65-994042-9-0

1. Contos - Literatura infantojuvenil I. Título.

21-76915 CDD-028.5

Índices para catálogo sistemático:

1. Contos : Literatura infantojuvenil 028.5
2. Contos : Literatura juvenil 028.5

Aline Graziele Benitez - Bibliotecária - CRB-1/3129

Agradecimentos

Agradeço aos fãs de Edgar Allan Poe que mantém a memória desse grande autor viva até hoje. Felipe Colbert, obrigado pela oportunidade e confiança. Adriana Chaves e sua Sala do Escritor, muito obrigado pela ajuda na edição do textos (Adriana sempre auxiliando e salvando os autores). Danielle Tavares, valeu por entrar nessa comigo.

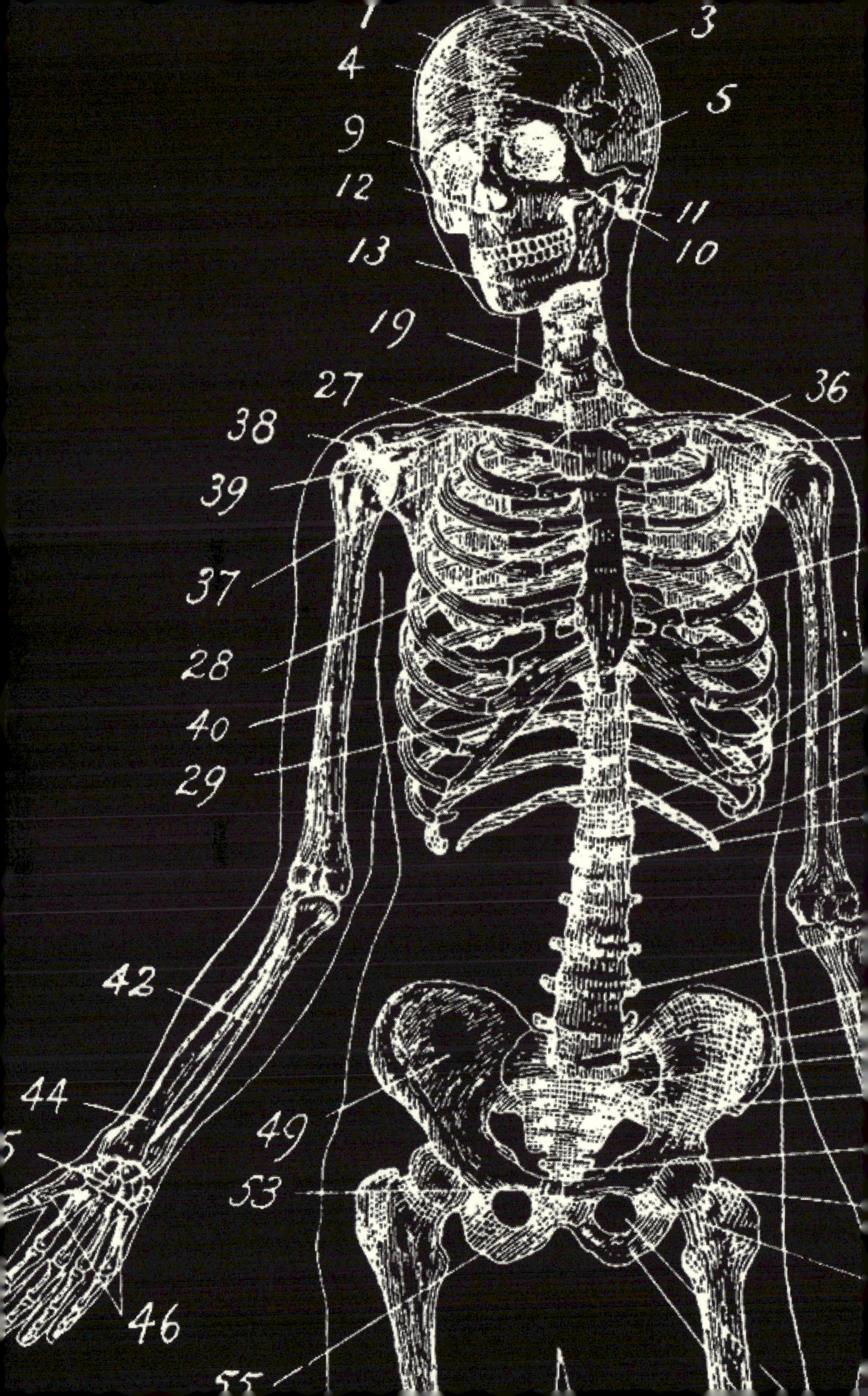
1
3
4
5
9
12
11
10
13
19
27
36
38
39
37
28
40
29
42
44
49
53
46
55

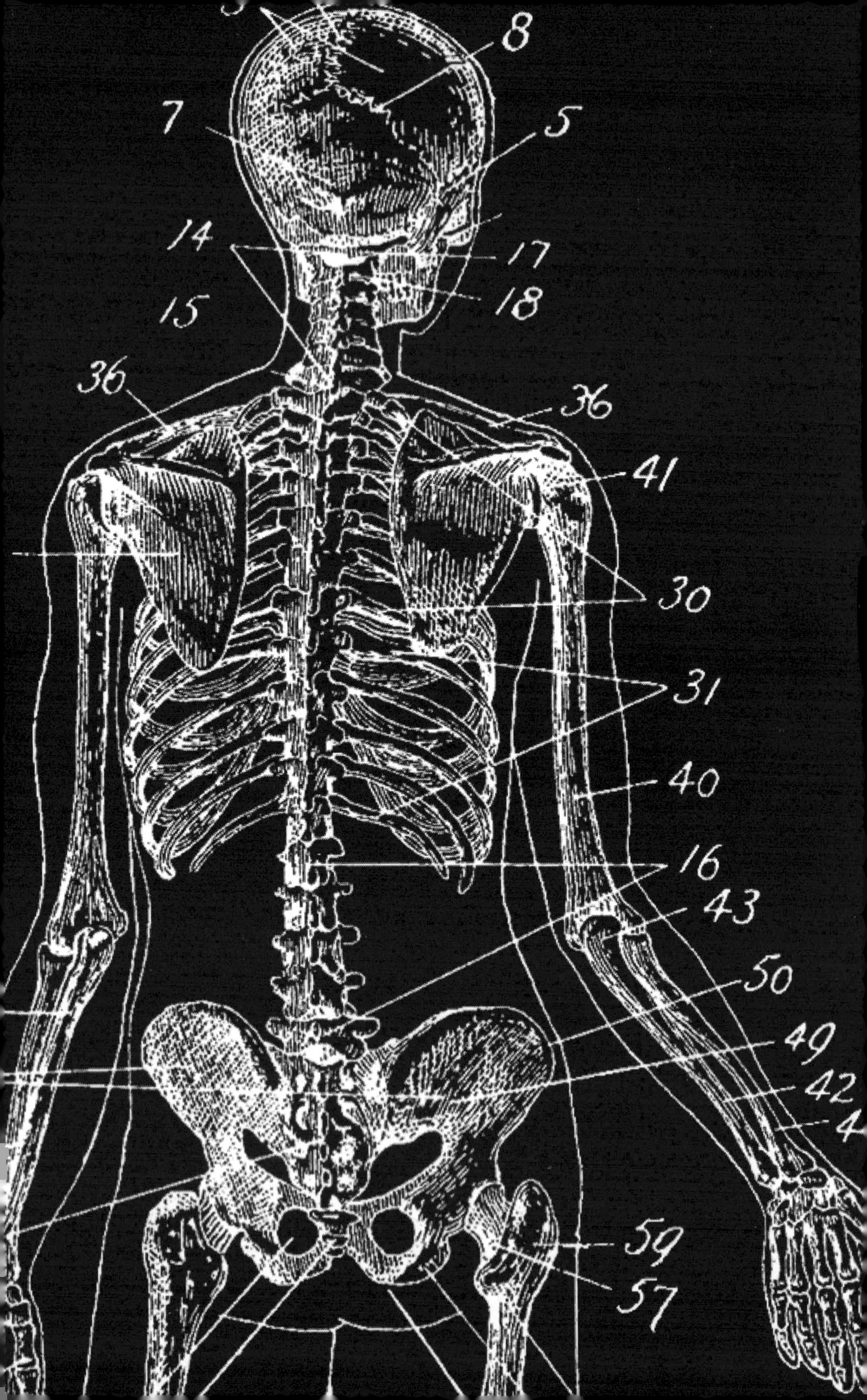

8
7
5
14
17
18
15
36
36
41
30
31
40
16
43
50
49
42
59
57

Sumário

Prefácio

O SISTEMA DO DR. TARR E DO PROF. FETHER, para mim, é um dos textos mais desconhecidos de Edgar Allan Poe. O conto possui um estilo próprio (uso de diálogos) e uma atmosfera de dark-comédia que, na minha primeira leitura, causou estranhamento, pois era diferente de outras coisas que eu já tinha lido do Poe. Tive conhecimento do conto lá em meados de 2015, quando assisti ao filme *Stonehearst Asylum* ("Refúgio do Medo"), um suspense norte-americano estrelado por Kate Beckinsale e Michael Caine.

Quando vi que o filme era baseado num conto de Edgar Allan Poe, corri para ler; mas não achei nada traduzido, então peguei a versão original em inglês e tive essa surpresa. Era um conto meio "comédia", com diálogos e diálogos, e o Poe não tinha muito disso. Achei interessante essa nova experiência e deixei o conto de lado, esperando, talvez, alguma versão em português impressa para pôr na minha coleção de contos do

Poe. Anos depois e a tradução impressa não veio, então surgiu a ideia de produzir este projeto.

E se eu fizesse um trabalho de fã para fã?, imaginei. E convidei minha amiga Danielle Tavares, escritora, professora de inglês e fã de Edgar Allan Poe, pra entrar comigo no projeto.

Foi assim, de uma dupla de fãs, que o livro ganhou vida. Tive alguma liberdade na tradução e preparação de texto; liberdade cujo emprego achei por bem usar para "facilitar" a leitura e/ou esmiuçar mais o texto do Poe, como por exemplo (vou citar só um exemplo, o resto deixo de forma "secreta" espalhada pelos contos): evitar algumas notas de rodapé e jogar a informação do rodapé no bloco do parágrafo (de forma fluida, não se preocupe!).

Além desse conto principal, o projeto segue com uma tradução nova do conto *A Queda da Casa de Usher*. E ainda, uma continuação para cada conto do Poe, agora na minha visão; na ordem: conto original traduzido e a sequência idealizada logo em seguida. Total de quatro contos: 2x Edgar Allan Poe; 2x Bruno Godoi.

Ainda, há um paralelismo entre os dois contos, *O Sistema do Dr. Tarr e do Prof. Fether* e *A Queda da Casa de Usher*; ambos falam sobre um narrador sem nome que chega a cavalo e entra numa mansão, e lá dentro ele encontra a loucura, além da forma de escrever que aproxima muito esses dois textos do Poe. Exemplo: no *Doutor Tarr* temos uma loucura generalizada e cômica, puxada para o lado da falta de lucidez, é um bando de lunáticos vivendo juntos, estão "felizes" aceitando, cada um, sua falta de lucidez; e na *Casa de Usher* temos uma loucura íntima que afeta o indivíduo em si, a depressão, a melancolia, um estado de tristeza que abrange um indivíduo por vez.

Nos dois contos, ainda, temos uma construção física onde a loucura se passa: a *Maison* (mansão), no conto do *Dr. Tarr*; e um *casarão* no *Casa de Usher*. Por fim, são muitos os paralelos entre os dois contos, que depois de identificados podem se tornar um prazer a mais quando o assunto for a abordagem da loucura nos textos do Poe. Só um último comentário sobre o paralelismo dos contos... ambos começam de forma similar, veja:

DURING the autumn of 18__, (assim começa o *Doutor Tarr)*
DURING the whole of a dull, (assim começa o *Casa de Usher*)

Por fim, Bruno, por que esses dois textos juntos? Porque com esses dois contos, ainda em 1800 e pouco, Edgar Allan Poe "previu" estados de loucura (depressão, alienação etc.) que só viriam à realidade décadas depois com o começo da "psiquiatria" mundial. Poe foi, assim, um dos pais da "louca literatura".

Observação: no conto *O Sistema do Dr. Tarr e do Prof. Fether* deixei alguns termos em francês pra manter a "ideia" original do Poe, como os pronomes de tratamento e outros detalhes que julguei interessantes. No conto *A Queda da Casa de Usher* fiz algumas alterações que diferem de outras traduções existentes pra fluir mais e evitar as notas de rodapé e, ainda, pra apresentar de forma alternativa o cenário que Poe criou para o conto, como, por exemplo, o "lago", que no original não é chamado de lago (*lake*) e sim de *tarn,* ou seja, um "lago glacial no vale de uma montanha". Esse detalhe modifica totalmente a visualização do cenário.

Bruno Godoi
De um fã do Poe para você, outro fã do Poe

O Sistema do Dr. Tarr e do Prof. Fether
(Edgar Allan Poe, 1844)

Um cavalheiro sem nome visita o Maison de Santé, um manicômio numa província ao sul da França. Essa mansão de lunáticos tem a fama no meio médico parisiense por sua nova forma de tratar doenças mentais, chamado de o "sistema que acalma". Porém, o visitante descobrirá que sua curiosidade o levou a uma casa que ele nunca concordaria entrar, caso soubesse o que tinha dentro.

Tradução de Bruno Godoi e Danielle Tavares

O Sistema do Dr. Tarr e do Prof. Fether

Não acredite em nada do que ouve; e
apenas em metade do que vê.
Monsieur Maillard, diretor da Maison de Santé

DURANTE algum outono de 1800 e pouco, numa excursão pelas províncias sulistas da França, minha rota me jogara a poucos quilômetros de um manicômio privado, o Maison de Santé, sobre o qual muito eu tinha ouvido de amigos médicos em Paris. Como eu nunca havia visitado algo do tipo, tomei a oportunidade como boa demais para ser desperdiçada e então propus ao meu companheiro de viagem (um cavalheiro o qual havia eu acidentalmente conhecido dias antes) mudar nosso rumo, por uma hora e pouco, para irmos ao lugar. À essa mudança de rota, ele se opôs — primeiramente suplicando ter pressa e, depois, demonstrando aquela expressão de horror típica de um lunático. Contudo, implorou-me, mesmo assim, para que eu não deixasse a minha curiosidade morrer a fim de, apenas, manter a cordialidade de não contrariá-lo, e disse, então, que cavalgaria devagar, pois desse modo eu poderia alcançá-lo logo no mesmo dia, ou, em todo o caso, ao longo do dia seguinte. Bem ele se despediu, mencionei meus temores sobre o detalhe da dificuldade para se ter acesso ao local. Ele respondeu que a menos que eu fosse um conhecido pessoal de Monsieur Maillard, o superintendente do hospício, ou tivesse alguma carta atestando uma credencial de entrada, eu teria, de fato, dificuldades, ora, os regulamentos dessas ditas mansões privadas para loucos eram ainda mais rígidos do que as leis de hospitais públicos. Finalizando, acrescentou ele que tinha conhecido Maillard alguns anos antes, e assim poderia ajudar cavalgando comigo até a porta e lá me apresentando, apenas; todavia seus sentimentos sobre o tema da loucura não o permitissem entrar na Maison de Santé.

Agradeci, e, saindo da estrada principal, seguimos por um atalho de pastagem o qual, em coisa de meia hora a trote, começou a se fundir numa floresta fechada que cobria a base de uma montanha. Por essa sombria mata úmida, percorremos cerca de três quilômetros até, diante de nós, surgir a Maison de Santé. Era um *château* formidável, deveras dilapidado, e certamente penoso seria arrendá-lo devido à idade e a negligência do tempo. Seu aspecto suscitou em mim o temor absoluto, e, pensei que ao refrear meu cavalo, iria eu desistir e retornar. Mas logo, contudo, floresceu a vergonha de minha própria fraqueza, e continuei.

Enquanto subíamos em direção ao portão, notei-o ligeiramente aberto, percebi também a imagem de um homem nos espreitando pela fresta. Num instante depois, esse homem saiu e abordou o meu companheiro pelo nome, apertou-lhe cordialmente a mão e implorou-lhe para apear.

Era esse o próprio Monsieur Maillard. Um belo e robusto cavalheiro à moda antiga, com aquela maneira polida que esbanja gravidade, dignidade e a autoridade que muito impressiona.

Meu companheiro, tendo feito as apresentações, mencionou meu desejo de visitar a mansão e recebeu a garantia do Monsieur Maillard de que ele mesmo me daria toda a atenção; o amigo despediu-se, e não o vi mais.

A sós, o superintendente conduziu-me a uma saleta extremamente organizada, acomodando, dentre vários traços dum gosto refinado, diversos livros, desenhos, vasos de flores e instrumentos musicais. Um fogo rejubilante ardia na lareira. Sentada ao piano, cantando uma ária de Bellini, uma jovem muito bonita, que, à minha entrada, pausou a canção para me receber com uma cortesia graciosa. Sua voz era contida; e toda a sua atitude, subjugada. Pensei, ainda, ter pescado traços de tristeza em seu semblante, o qual era excessivamente pálido; embora a meu gosto, nada desagradável. Ela vestia os trajes de um luto profundo e ateou em meu âmago a mistura de sentimentos de respeito, interesse e admiração.

Eu já tinha ouvido falar, em Paris, que a instituição do

Monsieur Maillard era conduzida por um método vulgarmente chamado de o "sistema que acalma" — e que todas as punições foram abolidas — mesmo o confinamento raramente era aplicado — e que os pacientes, secretamente vigiados, tinham certa liberdade aparente, e a muito deles foi dada a permissão para vaguearem pela casa e pelo terreno usando os trajes comuns que gente sã esbanja.

Mantendo tais impressões em vista, tive cautela ao refletir sobre a jovem lady, visto que não pude atestar sua sanidade; pois, em verdade, havia um certo brilho desassossegado acerca de seus olhos que deixou-me dividido. Assim, limitei as observações, portanto, a temas mais gerais e ao que pensei não ser desagradável ou excitante até mesmo para um lunático. Ela respondeu de forma perfeitamente racional a tudo o que eu ia dizendo; e mesmo suas observações pessoais foram marcadas com o mais prudente bom senso, mas sua vasta familiaridade com a metafísica da obsessão passou-me a descrença de alguma evidência de sanidade, por isso continuei a exercer, ao longo do encontro, a cautela com que iniciei a conversa.

Em seguida, um astuto criado uniformizado trouxe uma bandeja com frutas, vinho e outros refrescos, dos quais bebi; logo depois, a lady deixou o aposento. Assim que ela partiu, fitei meu hospedeiro com olhos inquisidores.

— Não — disse ele —, oh, ela não, essa é sã, é membro da minha família, minha sobrinha, e uma mulher muito talentosa.

— Peço mil perdões pela suspeita — respondi —, e você vai saber como me desculpar, é claro. A sua excelente administração é bem falada em Paris, e eu pensei que seria possível, você sabe...

— Sim, sim, não diga mais nada, ou melhor, sou eu que devo agradecer-lhe pela louvável prudência que demonstrou. Raramente encontramos tanta discrição nos jovens, e mais de uma vez alguns contratempos infelizes ocorreram devido a não consideração por parte de visitantes. Enquanto o meu antigo sistema estava ativo e os pacientes tinham o privilégio de andar de um lado a outro à vontade, muitas das vezes eram levados a um frenesi perigoso por gente imprudente que queria inspecionar a casa. Por isso fui obrigado a impor um sistema rígido de seleção dos visitantes, o qual ninguém cuja discrição eu não possa confiar tem acesso à casa.

— Enquanto o seu antigo sistema estava em funcionamento! — disse eu, repetindo suas palavras. — Entendo então assim: o "sistema que acalma", de que tanto ouvi, já não está em vigor?

— Já se passaram — respondeu ele — semanas desde que decidimos abortá-lo de vez.

— Não é possível! Você me surpreendeu.

— Nós concluímos, senhor — disse ele com um suspiro —, que era absolutamente necessário retornar aos velhos métodos. O perigo do "sistema que acalma" era sempre, *espantoso*; e suas vantagens foram bem supervalorizadas. Creio, senhor, que nesta casa foram feitos julgamentos justos, se é que alguma vez julgamos algo. Fizemos tudo o que a bondade racional podia sugerir. Lamento você não ter podido nos visitar num período anterior, pois que teria julgado por si próprio. Mas presumo que esteja você familiarizado com a prática do sistema que acalma; digo, em relação a seus detalhes.

— Não completamente. O que ouvi veio de terceiros, por alto.

— Então, posso apresentar o sistema, em termos gerais, como sendo os meios pelos quais os pacientes eram domesticados. Não contradizíamos nenhuma fantasia enraizada no cérebro dos loucos. Ao contrário, não apenas os tolerávamos, mas os encorajávamos; muitas de nossas mais permanentes curas foram conseguidas assim. Não há outro argumento que entre fundo à fraca razão do louco quanto o *apelo ao ridículo*. Tivemos homens, por exemplo, que se imaginavam galinhas. A cura foi insistir sobre a coisa como um fato; acusar o paciente de estupidez em não percebê-la suficientemente como um fato; e, assim, recusar-lhe, por uma semana, qualquer outra dieta que não fosse uma devidamente aplicada às galinhas. Dessa forma, um punhado de milho e cascalho realizaram maravilhas.

— Mas esse tipo de encorajamento era tudo?

— De modo algum. Depositamos muita fé em diversões simples como música, dança, ginástica, cartas, alguns tipos de livros e assim por diante. Fingíamos tratar cada indivíduo como se fosse algum distúrbio físico comum, e a palavra "loucura" jamais era empregada. O ponto era fazer cada lunático entender as atitudes de todos os outros. Depositar confiança na compreensão ou discrição de um louco é ganhar-lhe de corpo e alma. Assim, fomos capazes de dispensar o oneroso grupo de guardiões.

— E vocês não tinham nenhum tipo de punição?

— Nenhuma.

— E nunca confinou seus pacientes?

— Raramente. De vez em quando, quando o estado de algum indivíduo vertia numa crise, ou esse era tomado por uma súbita fúria; nós o levávamos para uma cela secreta, para que assim sua desordem não infectasse o restante, e lá o mantínhamos até que pudéssemos liberá-lo junto aos amigos; pois, nada temos a fazer com um maníaco furioso. Geralmente, um tipo assim é removido para hospitais públicos.

— E agora você mudou todo esse procedimento. Acha que está melhor assim?

— Decididamente. O sistema antigo tinha as suas desvantagens, e até mesmo os seus perigos. E o de agora, felizmente, já cresceu em todos os hospícios da França.

— Estou muito surpreso — disse eu —, com isso que relatou, pois eu mesmo me certifiquei de que, neste momento, não existe nenhum outro método de tratamento para a mente em qualquer parte do país.

— Você ainda é jovem, amigo — respondeu o meu anfitrião —, mas chegará o momento em que aprenderá a julgar por si mesmo o que acontece no mundo, sem confiar na conversa banal de outrem. Não acredite em nada do que ouve; e apenas em metade do que vê. Agora, sobre nossas casas de recuperação, é claro que algum inculto te enganou. Depois do jantar, no entanto, quando você estiver suficientemente recuperado do cansaço da chegada, terei o prazer em levá-lo à casa e apresentar-lhe esse meu sistema cujo funcionamento, em minha opinião, e na de cada um que tenha o testemunhado, é incomparavelmente o mais eficaz até agora.

— O seu próprio? — perguntei. — Uma invenção sua?

— Fico orgulhoso — respondeu ele —, ao reconhecer que sim; pelo menos em certa medida.

Dessa forma conversei com Monsieur Maillard por uma ou duas horas, durante as quais mostrou-me ele os jardins e conservatórios do lugar.

— Não posso deixar você ver meus pacientes — disse ele —, não agora. Para uma mente sensível há sempre bastante, ou pouco, choque em tais exibições; e não pretendo tirar-lhe o apetite para o jantar. Vamos comer. Posso servir um pouco de vitela *a la Menehould*, com couve-flor ao molho *veloute*, e depois, uma taça de *Clos de Vougeot*, assim seus nervos estarão suficientemente estabilizados.

Às seis, o jantar fora anunciado e meu anfitrião conduziu-me a uma grande *salle a manger*; nessa sala de jantar, um vasto grupo estava reunido — vinte e cinco pessoas, ou trinta, no total. Eram, aparentemente, pessoas de posição, certamente de uma casta elevada; mas suas roupas, contudo, julguei serem extravagantemente ricas, compartilhando em demasia da ostensiva elegância da *vielle cour*. Notei que pelo menos dois terços dos convidados eram *ladies*; e alguns dos restantes não estavam de forma alguma ornados com o que um parisiense consideraria de bom gosto nos dias de hoje. Muitas das mulheres, por exemplo, cuja idade não poderia ser abaixo dos setenta anos, estavam enfeitadas com uma profusão de joias; anéis, pulseiras e brincos; e tinham seios e braços vergonhosamente desnudos. Observei, também, que pouquíssimos vestidos eram bem-feitos; ou, pelo menos, poucos deles serviam bem às usuárias. Olhando em volta, descobri a interessante garota a quem Monsieur Maillard me apresentara na saleta de estar; marcante foi minha surpresa ao vê-la de aro e saia balão, com sapatos de salto alto e um chapéu sujo de renda de Bruxelas, tão grande para ela que deu a seu rosto uma expressão ridiculamente diminuta. Antes, na primeira vez em que a vi, estava ela vestida num luto profundo, de maneira bem austera. E ali havia um ar de estranheza — em suma —, no traje de toda a festa, o que, a princípio, me fez retomar à minha ideia original do "sistema que acalma" e imaginar que Monsieur Maillard estava disposto a me iludir até depois do jantar para que eu não experimentasse nenhuma sensação desagradável durante a refeição, ao me perceber jantando com lunáticos; mas me lembrei de ter sido informado, em Paris, que os provincianos do sul eram um povo peculiarmente excêntrico, com uma bagagem de noções antiquadas e, assim — também ao conversar com vários membros do grupo —, minhas apreensões foram de imediato e totalmente dissipadas.

A sala de jantar em si, embora talvez suficientemente confortável e de boas dimensões, nada tinha de muito elegante. Por exemplo, o chão não era acarpetado, na França, porém, o tapete é frequentemente dispensado. Janelas sem cortinas; as venezianas, estando fechadas, eram firmemente travadas com barras de ferro aplicadas em diagonal, à maneira do fechamento de lojas comerciais. O local, observei, formava uma ala do *château*, e assim as janelas ficavam em três lados desse paralelogramo, estando à porta no outro. Não havia menos de dez janelas ao todo.

A mesa estava soberbamente posta. Carregada de pratos; e mais do que cheia de iguarias. A profusão fora absolutamente bárbara. Havia carne suficiente para banquetear os gigantes bíblicos enaquins. Nunca, em toda a minha vida, testemunhei um gasto tão generoso, e tão perdulário das coisas boas da vida. No entanto, parecia não existir gosto nos arranjos, e meus olhos, acostumados às luzes calmas, foram tristemente ofendidos pelo brilho prodigioso de uma multidão de velas de cera que, em candelabros de prata, foram depositadas sobre a mesa e em toda a sala onde fosse possível encontrar lugar. Vários servos ágeis no atendimento; e sobre uma extensa mesa, na outra extremidade do cômodo, sentadas sete ou oito pessoas com violinos, pífaros, trombones e um tambor. Esses companheiros me incomodaram muito, aos intervalos, durante a refeição, por sua infinita variedade de ruídos, que deveriam ser melódicos, e os quais pareciam proporcionar diversão a todos os presentes, exceto eu.

No geral, não pude deixar de pensar que havia muito de bizarro em tudo o que vi — mas o mundo é feito de todos os tipos de pessoas, com todos os modos de pensamento e todos os tipos de costumes convencionais. Eu também tinha viajado tanto, que me tornara um adepto do *nil admirari*, e não me admirava com nada; por isso, sentei-me com indiferença à direita de meu anfitrião e, faminto, fiz justiça ao bom brinde que fizeram à minha saúde.

A conversa, entrementes, foi animada e generalizada. As senhoras, como sempre, falaram muito. Logo descobri que quase todo o grupo era bem-educado e meu anfitrião era um mundo de anedotas bem-humoradas em si mesmo. Ele parecia bastante disposto a falar de sua posição como superintendente de um hospício e, de fato, o tópico da loucura era, para minha surpresa, o favorito de todos. Um vasto conjunto de burlescas histórias foram contadas levando em conta os caprichos dos pacientes.

— Tivemos um camarada aqui certa vez — disse um cavalheiro gordo que se sentara à minha direita —, um sujeito que se imaginava um bule de chá; a propósito, não é especialmente estranho quantas vezes essa extravagância em particular entra no cérebro de um lunático? Não existe praticamente sequer um asilo insano na França que não possa fornecer um bule de chá humano. E nosso cavalheiro era um bule de chá de louça britânica que tomava o cuidado de se polir todas as manhãs com camurça e giz de badejo.

— E então — disse um homem alto do lado oposto —, tivemos aqui, não faz muito tempo, uma pessoa que tinha enfiado na cabeça que era um asno; o que, alegoricamente falando, você dirá, era bem verdade. Um paciente problemático que dera bastante trabalho para mantê-lo dentro dos limites. Por muito tempo, não comia nada além de cardos, mas dessa ideia logo o curamos, insistindo em que não comesse mais nada. Então ele ficou dando coices assim, com os calcanhares, e então, então...

— Mr. De Kock! Agradeço se o senhor se comportar! — Nesse ponto interrompeu uma idosa, sentada ao lado do palestrante. — Por favor, mantenha seus coices para você! Você rasgou o meu brocado! É necessário, imploro, ilustrar essa sua observação nesse estilo tão prático? O camarada aqui pode bem compreender seu relato sem toda a encenação. Pela minha palavra, você é um burro quase tão completo quanto o miserável infeliz se imaginava. Sua atuação é tão fluída como a minha respiração.

— *Mille pardons*! *Ma'm'selle*! — respondeu o Monsieur De Kock, a ela dirigindo-se. — Mil perdões! Não tive a intenção de ofender. Mademoiselle Laplace; o Monsieur De Kock terá a honra de beber contigo o vinho.

Monsieur De Kock curvou-se, beijou a mão da mulher com elevada cerimônia e virou uma taça com a Mademoiselle Laplace.

— Permita-me, *mon ami* — disse agora Monsieur Maillard, dirigindo-se a mim —, permita-me servir-lhe um bocado desta vitela *a la St. Menhoult*; você a achará particularmente divina.

Nesse instante, três robustos garçons depositaram com cautela um enorme prato — ou travessa — sobre a mesa contendo o que eu supunha ser o próprio ciclope Polifemo[1]; um *monstrum horrendum, informe, ingens, cui lumen ademptum.* Mas o exame mais minucioso garantiu-me, porém, que se tratava apenas de um pequeno bezerro assado inteiro, posto de

1 "(...) quando vimos o pastor Polifemo movendo-se em grande massa entre seus rebanhos e procurando a conhecida praia; um monstro horrível, deformado, enorme, cujo olho havia sido arrancado." Trecho da *Eneida*, de Virgílio.

joelhos, com uma maçã na boca, feito o costume inglês de se enfeitar a lebre num banquete.

— Obrigado, não — respondi —, para dizer a verdade, não gosto particularmente de vitela *a la St.;* o que é mesmo? Enfim, não acho que concorde totalmente comigo. Vou mudar o meu prato, de qualquer maneira, e ficar com um pouco do coelho.

Havia vários acompanhamentos sobre a mesa à base do que parecia ser um típico coelho francês; escolha muito deliciosa, que eu recomendo.

— Pierre — gritou o anfitrião —, mude o prato do cavalheiro e sirva-lhe um acompanhamento desse coelho *au-chat*.

— Desse o quê? — disse eu.

— Desse coelho *au-chat*.

— Olha, obrigado; pensando melhor, não. Vou servir-me um pouco do presunto.

Não há como saber o que se come, pensei comigo mesmo, nas mesas dessas pessoas da província. Eu não iria comer nenhum desse coelho *au-chat* e, por falar nisso, não ia levar para mim nenhum "gato por lebre" deles também.

— E então — disse um sujeito de aparência cadavérica perto do pé da mesa, retomando o fio da conversa de onde ela havia sido interrompida —, entre outras esquisitices, tivemos um paciente, certa vez, que muito obstinadamente se afirmava ser um queijo de Córdoba, e andava, com uma faca na mão, pedindo aos amigos que experimentassem uma fatia do meio de sua perna.

— Esse foi um grande tolo, sem dúvida — interpôs alguém

—, mas não deve ser comparado a certo indivíduo que todos nós conhecemos, com exceção do estranho cavalheiro. Quero dizer, o homem que se tomava por uma garrafa de champanhe e rodava por aí com assobio agudo e soprando bolhas.

Então, esse falante, rude ao extremo, como observei, colocou o polegar direito por dentro da bochecha esquerda e retirou-o com o som semelhante ao estouro de uma rolha, e depois, por um movimento hábil da língua sobre os dentes, emitiu um assobio agudo e efervescente que durou vários minutos, imitando a espuma do champanhe. Esse comportamento, vi eu claramente, não agradou Monsieur Maillard, mas nada disse ele e a conversa foi retomada por um seco homenzinho com uma peruca gigantesca.

— E então havia um ignorante — disse —, que se confundiu com um sapo, ora, aliás, em grande parte ele se parecia mesmo com um. Eu gostaria que você pudesse tê-lo visto, senhor — aqui o falante se dirigiu a mim —, teria feito bem ao seu coração ver os ares naturais que ele assumiu. Senhor, se aquele homem não era um sapo, só posso observar que é uma pena que não era. Seu coaxar era assim: O-o-o-gh; O-o-o-gh! Foi a melhor nota do mundo, em si bemol; e quando ele colocou os cotovelos sobre a mesa assim, depois de tomar uma ou duas taças de vinho, e distendeu a boca, assim, e revirou os olhos, assim, e piscou-os com rapidez excessiva, então, por que então, senhor, me comprometo a dizer, positivamente, que você teria se perdido na admiração do gênio do homem.

— Não tenho dúvidas disso — disse eu.

— E então — disse outra pessoa —, então havia o Petit Gaillard, que se achava uma pitada de rapé, e estava efetivamente angustiado pois, não conseguia se dobrar entre seu próprio polegar e indicador.

— E então havia Jules Desoulieres, um gênio muito singular, de fato, e enlouqueceu com a ideia de que era uma abóbora. Ele perseguiu o cozinheiro para transformá-lo em tortas; coisa que o cozinheiro indignadamente se recusou a fazer. De minha parte, não sei se uma torta de abóbora *a la Desoulieres* teria sido muito digestiva, de fato!

— Você me abisma! — disse eu, questionando Monsieur Maillard com os olhos.

— Ha! ha! ha! — respondeu ele. — He! he! he! Hi! hi! hi! Ho! ho! ho! Hu! hu! hu! Realmente excelente! Não se surpreenda, *mon ami*, nosso amigo aqui é bem sagaz, digo, um *drole*, um palhaço, você não deve levá-lo ao pé da letra.

— E então — disse outro membro da festa —, então havia Bouffon Le Grand — outra extraordinária caricatura a seu modo. Enlouquecera por causa do amor e se imaginou possuidor de duas cabeças. Uma delas ele chamou de a cabeça de Cícero[2]; a segunda ele imaginou um composto, sendo Demóstenes[3] do topo da testa até a boca, e Lorde Brougham[4] da boca até o queixo. Não é impossível que ele estivesse errado, mas ele teria te convencido de que ele estava certo, pois era um homem de

---

2 Cícero: foi um filósofo romano;

3 Demóstenes: foi um importante político e orador grego;

4 Brougham: foi um chanceler britânico.

grande eloquência. Tinha a paixão absoluta pela oratória, e não podia se abster de ostentá-la. Por exemplo, ele costumava saltar sobre a mesa de jantar assim, e... e...

Aqui, um amigo, ao lado do orador, colocou a mão em seu ombro e sussurrou palavras em seu ouvido, após as quais ele parou de falar no ato e afundou-se na cadeira.

— E então — disse o sujeito que sussurrara para acalmar o outro —, havia Boullard, o Pião. Eu o chamo de pião porque, na verdade, ele fora dominado pela brincadeira, mas não totalmente irracional, por ter sido convertido em pião. Você teria rodado na risada ao vê-lo rodopiar. Ele girava sobre um calcanhar por horas, desta maneira... então...

E eis que aquele sujeito que este próprio sussurrador tinha interrompido surrando algo, fez-lhe a mesma coisa.

— Mas então — exclamou a velha lady, no topo de sua voz —, seu Monsieur Boullard era um demente, e um demente bem bobo na melhor das hipóteses; para quem, permita-me perguntar-lhe, já ouviu o senhor falar de um pião humano? A coisa é absurda. Madame Joyeuse era uma pessoa mais sensata, como você sabe. Ela tinha uma perversão, veja, era um instinto aplicado com bom senso, e ela dava prazer a todos que tinham a honra de conhecê-la. E descobriu, após uma profunda reflexão, que, por algum acidente, ela havia mudado de galinha e se transformado num galo; não obstante, nessa forma, ela se comportara com propriedade. Bateu as asas com um efeito prodigioso... mais e mais e... o seu canto do galo, foi delicioso! Cocoricó! Cocoricó! Cocoricó!

— Madame Joyeuse, agradeço caso se comporte! — interrompeu, muito zangado, o nosso anfitrião. — Você pode se comportar como uma dama deveria se comportar, ou pode deixar a mesa imediatamente; faça a sua escolha.

A velha (que fiquei muito surpreso ao ouvir ser chamada de Madame Joyeuse, depois da descrição de Madame Joyeuse que ela própria acabara de dar) corou até as sobrancelhas e pareceu excessivamente envergonhada com a reprovação. Abaixou a cabeça e não disse uma sílaba em resposta. Porém, outra jovem retomou o tema. Era a minha linda moça da saleta.

— Oh, Madame Joyeuse era uma tola! — exclamou ela —, mas havia realmente muito bom senso, apesar de tudo, na opinião de Eugenie Salsafette. Ela era uma jovem bonita e dolorosamente modesta, que achava o modo normal de vestimenta indecente e desejava se vestir, sempre, ficando do lado de fora em vez de dentro de suas roupas. Afinal de contas, é uma ação fácil de realizar. Você só precisa fazer isso... e então... assim... assim... e então... assim... assim... e então... assim... e então...

— *Mon dieu*! *Ma'm'selle Salsafette*! Meu Deus! — gritaram uma dúzia de vozes ao mesmo tempo. — O que você está fazendo? Esqueça! Isso é suficiente! Nós vemos, muito claramente, como isso é feito ! Espere! Espere!

Nisso, várias pessoas já estavam saltando do assento para ir impedir que a Ma'm'selle Salsafette se colocasse em pé de igualdade com a *Vênus* de Botticelli, atingindo o ápice da agitação quando as ordens em uníssono vinham de uma série de gritos altos, ou berros, de alguma parte do corpo principal do *château*.

Meus nervos foram afetados, de fato, pelos berros; porém, foi pelo resto do grupo que eu realmente tive pena. Nunca vi, em toda a minha vida, um grupo de pessoas sensatas tão completamente assustadas. Ficaram todos pálidos feito cadáveres e, encolhendo-se nas cadeiras, sentaram-se tremendo e balbuciando de terror, ouvindo a repetição dos berros. Veio novamente — mais alto e aparentemente mais próximo — e então uma terceira vez muito aguda, e então uma quarta vez com um vigor evidentemente diminuído. Com esta aparente extinção do barulho, o ânimo do grupo foi imediatamente recuperado, e tudo era vida e anedota como antes. Arrisquei-me, nesse ponto, a indagar a causa de tal perturbação.

— Ah, uma mera bagatela — respondeu Monsieur Maillard. — Estamos acostumados com essas coisas, tanto que nos importamos pouco com elas. Os lunáticos, de vez em quando, põem-se a berrar de forma combinada; um instigando o outro, como pode acontecer com um bando de cães à noite. E temos ocasiões, entretanto, em que o volume de gritos é sucedido por um esforço simultâneo de todos tentarem escapar, quando, é claro, pressentem algum perigo.

— Quantas pessoas você tem no comando?

— No momento não temos mais de dez, ao todo.

— Principalmente mulheres, presumo?

— Oh, não, todos são homens, e gente forte; demais, te garanto.

— Ah, sim! Sempre vi que a maioria dos loucos são de gente mais frágil.

— É geralmente assim, mas nem sempre. Há um tempo, tínhamos cerca de vinte e sete pacientes aqui; e, desse total, não menos de que dezoito eram mulheres frágeis; mas, ultimamente, as coisas bem que mudaram, como você vê.

— Sim; mudaram muito, como você vê — interrompeu o sujeito que havia rasgado o brocado da Ma'm'selle Laplace com os coices.

— Sim; mudei muito, como você vê! — concordaram todos de uma vez.

— Segurem a língua, todos vocês! — ordenou meu anfitrião, com grande raiva. Diante disso, todo o grupo manteve um silêncio mortal por quase um minuto. Uma senhora, obedecendo ao Monsieur Maillard ao pé da letra, projetou a língua, excessivamente longa por sinal, e agarrou-a com resignação com ambas as mãos e assim ficou até o fim da reunião.

— E essa bondosa senhora — disse eu a Maillard, inclinando-me e dirigindo-me a ele num sussurro —, essa boa pessoa que falou agora há pouco, e que nos deu aquele cocoricó; ela, presumo eu, que seja inofensiva; bastante inofensiva, hein?

— Inofensiva! — jorrou ele, numa surpresa sincera. — Por que... por que... o que você quer dizer?

— Apenas uma leve intuição? — respondi, tocando minha cabeça. — Acho que ao certo ela não seria em si perturbada de tal forma perigosa, hein?

— *Mon dieu*! O que você imagina? Essa senhora, minha querida velha amiga, Madame Joyeuse, é absolutamente sã feito eu. Ela tem suas leves excentricidades, com certeza; mas assim, você sabe, todas as velhas, todas as mulheres bem velhas, são ou demais ou de menos excêntricas!

— Claro — disse eu —, com certeza; e então, o resto dessas senhoras e senhores...

— São meus amigos e guardiões — interrompeu Monsieur Maillard, erguendo-se com arrogância. — Meus muitos bons amigos e assistentes.

— O quê! Todos? — perguntei. — As mulheres e tudo mais?

— Certamente — disse ele —, não poderíamos fazer nada sem as mulheres, elas são as melhores enfermeiras de lunáticos do mundo; elas têm o jeito delas, você sabe; o brilho dos olhos delas têm esse efeito admirável; algo como o fascinante aspecto de uma serpente, você sabe.

— Com certeza, com certeza! Elas se comportam de forma estranha, não é? Um pouco esquisitas, você não acha?

— Estranha! Esquisitas! Por que... você acha isso mesmo? Não somos muito pudicos, com certeza, aqui no sul; fazemos o que a gente quer; gozamos a vida, e todo esse tipo de coisa, você sabe...

— Com certeza — respondi —, com certeza!

— E assim, talvez, este *Clos de Vougeot* seja um tanto inebriante, sabe, um pouco forte, entende?

— Com certeza, com certeza! A propósito, Monsieur, entendi bem quando me disse que o sistema que o senhor adotou no momento, em detrimento do famoso sistema que acalma de antes, é de uma severidade bem rigorosa?

— De modo algum. Nosso confinamento é necessariamente severo; mas o tratamento. O tratamento médico! Quero dizer, é, para os pacientes, muito mais agradável do que outros métodos.

— E esse novo sistema é uma invenção sua?

— Não completamente. Algumas partes do processo são referentes ao Professor Tarr, sobre quem você, infalivelmente, ouviu e, novamente, há modificações em meu plano as quais sou feliz em reconhecer como pertencentes ao célebre Professor Fether, com quem, se não me engano, você tem a honra de possuir um caloroso relacionamento.

— Tenho vergonha em lhe confessar — respondi —, pois jamais ouvi o nome de nenhum desses dois.

— Deus do céu! — jorrou meu anfitrião, arrastando sua cadeira abruptamente e erguendo as mãos. — Com certeza eu não te ouvi direito! Você se enganou na resposta, hein? Isso de que nunca ouviu falar do erudito Doutor Tarr, ou do celebrado Professor Fether?

— Sou forçado a reconhecer a minha ignorância, mas a verdade deve ser mantida inviolável acima de todas as coisas. No entanto, sinto-me humilhado até os ossos por não conhecer as obras de ambos, sem dúvida, homens extraordinários. Vou procurar seus escritos imediatamente e examiná-los com o mais deliberado cuidado. Monsieur Maillard, o senhor realmente, devo confessá-lo, realmente, me deixou com vergonha de mim mesmo!

Foi assim de verdade.

— Não diga mais nada, meu jovem amigo — disse ele

gentilmente, apertando minha mão —, junte-se a mim agora em uma taça de *Sauternes*.

Bebemos. O grupo seguiu nosso exemplo sem restrições. Eles conversaram — eles zombaram — eles riram — eles perpetraram mil absurdos — os violinos guincharam — o tambor rufou — os trombones berraram feito inúmeros touros de bronze de Phalaris[5] — e toda a cena, crescendo foi de pior em pior, como os vinhos foram ganhando destaque; por fim, o conjunto virou uma espécie de pandemônio *in petto*[6]. Nesse ínterim, Monsieur Maillard e eu, com algumas garrafas de *Sauternes* e *Vougeot* entre nós, continuamos a conversa em voz alta. Uma palavra falada em um tom comum não tinha mais chance de ser ouvida do que a voz de um peixe no fundo das Cataratas do Niágara.

— E, senhor — gritei em seu ouvido —, o senhor mencionou algo antes do jantar sobre o perigo incorrido no antigo sistema de acalmar. Como assim?

— Sim — respondeu ele —, houve sim, fortuitamente, um grande perigo. Não há métodos nos caprichos dos loucos e, em minha opinião, bem como na do Dr. Tarr e do Professor Fether, nunca é seguro permitir que lunáticos andem soltos sem vigilância. Um louco pode ser *acalmado*, como é chamado, por um tempo, mas, em si, ele está bem apto a se tornar rebelde. Sua

---

5 Touro de bronze de Phalaris: mais uma referência a um método de tortura que Allan Poe usa neste conto. O prisioneiro era colocado dentro de um touro de bronze e levado ao fogo para "cozinhar";

6 *In petto*: no peito, dentro do peito, íntimo. Como se as pessoas ali começassem a viver um medo íntimo de cada um.

astúcia, pois, é notória e conhecida. Se ele tem um projeto em vista, ele o oculta com uma sabedoria maravilhosa e a destreza com que falsifica a própria sanidade apresenta, para o metafísico, um dos problemas mais singulares no estudo da mente. Quando um louco parece completamente são, é hora de colocá-lo em uma camisa de força.

— Mas o perigo, meu caro senhor, de que falava, pela sua própria experiência, durante o seu controle desta casa, teve você razões práticas para pensar que a liberdade é arriscada no caso de um lunático?

— Aqui? Pela minha própria experiência? Por certo, devo dizer, sim. Por exemplo: não muito tempo atrás, uma peculiar circunstância ocorreu nesta nossa casa. O sistema que acalma, você sabe, estava em operação, e os pacientes estavam soltos. Eles se comportaram notavelmente bem; tanto foi que, qualquer pessoa sensata saberia que algum esquema diabólico estava sendo fermentado a partir desse fato em particular, disso que os companheiros se comportaram assim tão milagrosamente bem. E, eis que, numa bela manhã, os guardiões se viram de pés e mãos imobilizados, e jogados nas celas, onde receberam os cuidados como se fossem os lunáticos, pelos próprios lunáticos, que usurparam os ofícios dos guardiões.

— Não me diga isso! Nunca ouvi nada tão absurdo na minha vida!

— Fato; tudo aconteceu por meio de um sujeito estúpido, um lunático que, de alguma forma, meteu na cabeça que havia inventado um sistema de gestão melhor do que qualquer outro existente; gestão de lunático, refiro-me. Quis ele por sua invenção em teste, suponho, dado isso, convenceu o resto dos pacientes a juntarem-se a ele numa conspiração para derrubar o controle reinante.

— E ele conseguiu isso?

— Sem dúvida. Os guardiões e os guardados logo inverteram os papeis. Também não foi literalmente isso; ora, os loucos foram libertos, e os guardiões presos nas celas, e estes foram tratados, lamento dizer, de maneira até cavalheiresca.

— Mas presumo que uma contrarrevolução logo fora iniciada. Esta condição das coisas não poderia se manter por muito tempo. Os camponeses da vizinhança; visitantes que vinham ver o estabelecimento; alguém teria dado o alarme.

— Aí você errou. O líder rebelde era demasiado astuto para isso. Ele não admitiu nenhum visitante; com a exceção, um dia, de um jovem cavalheiro bem estúpido, o qual ele não tinha razão para ter medo. Deixou-o entrar para ver o lugar, só para quebrar a rotina e se distrair um pouco com o sujeito. Assim que ele se divertiu suficientemente, deixou o jovem sair e o mandou cuidar de seus próprios negócios.

— E por quanto tempo, então, reinaram os loucos?

— Oh, muito tempo, de fato; um mês certamente, não posso precisar ao certo. Nesse ínterim, os lunáticos se divertiram, isso você pode jurar. Despiram-se das roupas sujas, e tiveram acesso ao guarda-roupa e as joias da administração. As adegas do *château* estavam repletas de vinho; esses loucos são fiéis demônios que sabem beber. Eles viveram bem, te digo.

— E o tratamento, qual foi o tipo de tratamento que o líder dos rebeldes colocou em operação?

— Ora, quanto a isso, um louco não é necessariamente um tolo, como já observei; e é minha opinião sincera que o tratamento dele foi bastante superior àquele que fora substituído. Era máximo o sistema, de fato; simples, limpo, nenhum problema, na verdade, era delicioso, era...

Aqui que as observações do meu anfitrião foram encurtadas por outra série de gritos, do mesmo caráter daqueles que tinham nos desconcertado anteriormente. Desta vez, no entanto, os berros pareciam vir de pessoas que se aproximavam à galope.

— Pela benção dos céus! — explodi. — Sem dúvida que os lunáticos escaparam.

— Temo que seja isso sim — respondeu Monsieur Maillard, tornando-se excessivamente pálido.

Ele mal havia terminado a frase quando gritos e imprecações foram ouvidos debaixo das janelas e, imediatamente após, tornou-se inquestionável que haviam pessoas do lado de fora se esforçando para invadir a sala. A porta fora batida com o que parecia ser uma marreta, as venezianas arrancadas e sacudidas com violência gigantesca.

Seguiu-se numa confusão uma das mais terríveis cenas. Monsieur Maillard, para meu pasmo espanto, atirou-se para debaixo de um aparador — eu esperava mais pulso firme por parte dele. Os membros da orquestra, os quais, nos últimos quinze minutos estavam aparentemente embriagados demais para tocar uma nota sequer, num átimo cataram os instrumentos, todos de uma vez e, subindo na mesa, iniciaram juntos a canção *Yankee Doodle*[7], a qual executaram, se não digo afinados, afirmo que pelo menos com uma energia sobrenatural, e assim foram durante todo o alvoroço.

Enquanto isso, sobre a mesa de jantar central, entre as garrafas e copos, saltou aquele cavalheiro que, com tanta dificuldade, tinha sido impedido de fazer isso antes. Assim que ele se aprumou sobre a mesa, iniciou uma oração, que, sem dúvida, seria muito pertinaz, se ao menos pudesse ter sido ouvida. No mesmo momento, o homem que se via na forma de pião pôs-se a girar pelo ambiente, enérgico, os braços estendidos em ângulo reto com o corpo; assim ele teve a liberdade de um verdadeiro pião, e foi derrubando todos que em sua trajetória entravam. Foi quando ouvi expressivos estalos e efervescências de champanhe, então descobri ser trabalho daquele sujeito que tinha encenado o som e as bolhas dessa delicada bebida. E então, novamente, o homem sapo coaxou como se a salvação de sua alma dependesse de cada nota que proferia. E, no meio de tudo isso, a prolongada voz de um jegue levantou-se sobre todos. Quanto à velha camarada, Madame Joyeuse, eu teria chorado por ela, a pobre parecia terrivelmente perplexa; tudo o que ela fez, no entanto, foi se acomodar no canto junto à lareira e cantar incessantemente com o máximo da voz o seu: "Cocoricó".

Por fim, veio o clímax — a catástrofe do drama. Nenhuma resistência, além de berros, gritos e cacarejos, fora interposta à invasão, e as dez janelas foram quebradas com intrepidez, quase

7 Uma famosa canção popular "secular" dos EUA.

todas ao mesmo tempo. Nunca me esquecerei da emoção do horror com que petrifiquei ao ver saltando e gangorrando pelas janelas, e sobre nós, em pesada confusão; lutando, pisando, arranhando e uivando; era um exército formado do que identifiquei como chimpanzés, orangotangos ou os grandes babuínos pretos do Cabo da Boa Esperança.

Levei uma surra terrível — depois da qual rolei para baixo de um sofá e fiquei imóvel. Após ficar lá deitado cerca de quinze minutos — tempo no qual ouvi tudo o que se passou no lugar —, cheguei ao desfecho conclusivo de toda a tragédia. Monsieur Maillard, ao que parecia, ao me contar o relato do tal lunático que havia levado seus companheiros à rebelião, estava apenas relatando as suas próprias façanhas. Maillard, cerca de dois ou três anos antes, tinha sido o superintendente do estabelecimento, mas enlouquecera e se tornou um paciente. Esse fato era desconhecido para aquele meu companheiro de cavalgada que me trouxera à casa.

Os guardiões do manicômio, dez no total, tendo sido de supetão dominados, foram primeiro banhados em alcatrão quente; e depois caprichosamente emplumados[8] — assim, trancados em celas subterrâneas. Ficaram presos por mais de um mês, durante o qual Monsieur Maillard de bom grado lhes tinha permitido não só o banho de alcatrão e as penas (que constituíam

8 Forma de tortura chamada de alcatrão (piche) e penas. Amarravam alguém em praça pública e jogavam piche quente, depois cobriam com penas, criando essa aberração de penas grudadas no alcatrão. Edgar Allan Poe faz referência a essa crueldade no próprio nome do conto, pois Tarr é alcatrão, e Fether é pena.

o seu "sistema de acalmar"), mas também algum pão e água em abundância. Sendo que a água vinha, diariamente, em forma de bombeamento sobre os cativos. Transcorreu assim um mês, até que um guardião fugiu pelo esgoto, e deu liberdade a todos os outros.

O antigo "sistema de acalmar", com severas modificações, foi retomado no *château*, no entanto, não posso deixar de concordar com Monsieur Maillard, pois, o seu próprio "tratamento" fora bem decisivo para processos do tipo. Como ele justamente observou, foi: "simples, limpo, nenhum problema, na verdade, era delicioso".

Devo acrescentar que, embora eu tenha procurado as obras do Doutor Tarr e do Professor Fether em cada biblioteca da Europa, até hoje falhei miseravelmente nesse esforço para conseguir alguma edição.

A Orgia do Dr. Tarr e do Prof. Fether
(Bruno Godoi, 2021)

1917 — Doutor Maillard teve filhos, descendentes e "alunos", o estudo da loucura ganhou corpo pelo mundo, e na Europa, crescia o interesse pela psiquiatria; até virem as guerras e mais falta de lucidez descarregar no mundo. Nesse contexto de Guerra Mundial, Revolução Russa e loucura, eis que surge a figura do místico Rasputin e os escândalos ligados à Igreja Ortodoxa Russa. O que teríamos de uma combinação de Guerra Mundial, lunáticos, religião, Rasputin e a herança do Doutor Tarr e do Professor Fether? Teríamos uma orgia, de fato.

A Orgia do Doutor Tarr e do Professor Fether

DURANTE todo o processo era sempre o nome daqueles dois, o Doutor Tarr e o Professor Fether, tinha aquela adoração endeusada no rastro deles; mesmo nunca, jamais, alguém ter aberto o livro que continha o sistema de tratamento psicológico que eles, supostamente, disseminariam pela Europa. Ah, a Rússia é um organismo louco em si, fechado numa ausência de lucidez que cavaleiro nenhum — nem se viesse cavalgando por todo o planeta — ia conseguir entender. O banho de alcatrão quente e a cobertura de penas não é nada se você for sentir a verdadeira dor de um lunático. É uma coisa assim de supetão, simples, limpa, que entra em você, mas, na verdade, é delicioso quando te acerta lá dentro...

A gente fazia muito sexo na missa enquanto a música tocava. Os guardas embalavam com ópera russa o vaivém de nossa orgia escandalosa. Sinfonias e ballets. Às vezes, tocava uma música de câmara bem baixinha, sempre ele, o nosso Tchaikovsky e suas liturgias para a Igreja Ortodoxa Russa. Lembro-me da cintura de um médico gordo. Pelado, o obeso parecia um sino quando acertava as pernas de alguma enfermeira de quatro; as bolas indo e voltando. Mas era dedicado, conduzia o sexo feito um maestro, até rodopiar feito um pião humano e ejacular um volume pesado sobre as enfermeiras.

Nossa última missa foi no subsolo abandonado dos casarões distantes. Se não me engano, era aquela coleção de propriedades mais ao norte do prédio principal do Hospício Casa de Santé. Foi em algum dia entre julho e dezembro de 1917, eu acho. É estranho, o Casa de Santé era um lugar cheio de sinos, pessoas e liturgia. No meio disso tudo, fazíamos os nossos encontros; uma seita, misturando religião e erotismo. Pecamos aí. As liturgias! Não devia ser Tchaikovsky; tinha que ter sido um compositor italiano, eu acho. Ou algo francês para honrar o nome da Maison de Santé.

Aquelas casas do norte já foram um amontoado de edifícios de luxo, onde famílias abastadas se reuniam para a prática de coisas que deveriam ficar no anonimato, até o peso da insanidade da Casa de Santé chegar ao lugar e tudo ser transformado numa ala especial. A famosa ala dos "mais loucos entre os insanos" ou, dos "pacientes importantes" para que fossem jogados ao estrume dos ordinários. Termos lindos de se ouvir. Gritavam no ouvido dos pacientes que iriam aplicar o "sistema que acalma" à base do alcatrão e penas.

A enfermeira, a mesma que dormia com o médico gordo, falava muito em estrume quando ia reclamar de alguma coisa errada que os pacientes faziam. Era estrume isso e estrume aquilo, e mais um monte de estrume debaixo da cama e por todos os móveis da casa; e quando não o víamos, sentíamos de longe o cheiro de bosta. Contudo, a verdade é esta: os pacientes só faziam o que lhes era ordenado. Os médicos, esses, sim, podiam escolher o que queriam, e mandavam a gente defecar no chão para causar mais prejuízo à nossa dignidade.

E foi isso o que o corpo médico escolheu. Você sabe? Já deve ter ouvido de terceiros por aí, os discípulos do Doutor Tarr e do Professor Fether converteram as mansões russas em verdadeiros ciclos do inferno. Há muito que as casas já tinham deixado de serem hospitais públicos para loucos. Assim, a Casa de Santé aumentou seu território com as propriedades do norte. Foi uma boa escolha, o lugar ia apodrecer no frio, talvez. Os adoradores da seita concentravam-se na capela iluminada por sete mil velas; a construção mais opulenta do lugar.

Depois que as enfermeiras liam o livro preto da igreja e repetiam um texto, acompanhando o médico gordo, os guardas se reuniam à frente para o canto gregoriano. Cantavam em conjunto, repetindo uma sequência de palavras que eu nunca conseguia memorizar, mesmo tendo ouvido aquilo por quase mil vezes. Foram mil, eu acho.

A seita reunia-se três vezes por dia, e sempre havia o canto. Quando a capela entrava em silêncio, todos desciam para o subsolo por uma escada de pedra verde, que filtrava as velas num efeito verde-arroxeado maravilhoso. Alguns pacientes chegavam vestidos com togas desfiadas nas laterais; outros, vinham nus ou usavam trapos endurecidos de suor; chato era quando grudavam penas na pele desses camaradas suados e pior quando a mais velha da casa ficava no canto berrando um cocoricó tão azedo que me brochava de longe. Eu cheguei pelada, pois tinha trocado minhas roupas e pertences com duas enfermeiras que passaram a me contar todas as novidades que eu precisava saber sobre a guerra e o país.

Na última missa, já no subsolo, alguns infelizes desmaiaram no escuro quando chegaram ao prazer, e, sobre a palha, morreram asfixiados. O túnel era estreito, mal cabiam dois loucos lado a lado, por isso, os mais excitados eram amarrados em correntes, feito bonecos de ventríloquo, e erguidos do piso para abrir espaço para a orgia; o único espaço livre era para o alto. Certa vez, tentei pendurar a velha galinha e calar o seu cocoricó, mas no ato ela mudara de voz e passou a gritar com sua voz de gente velha. Maldição! No mesmo instante chegaram duas enfermeiras me censurando, disseram que não era para maltratar velha. Argumentei que aquela não era uma mulher velha, e sim um galo de penas brancas; é assim que o Dr. Tarr tratava os lunáticos, como eles se viam. Foi as enfermeiras confidentes que me falaram sobre isso.

Os ciganos — aqueles malditos guardas —, sempre com o cassetete e o molho de chaves balançando no cinto, carregavam os fonógrafos que tocavam a ópera, parecendo macaquinhos de circo com instrumentos musicais. Estive num festival uma vez, em Berlim; os macacos gritavam como sopranos pendurados pelo picadeiro por horas, parecia um canto gregoriano. Eu acho tão lindo esses macacos repetitivos.

Naquela última missa, Dr. Maillard, com sua fisionomia agressiva, conduziu as santas que usavam o vestido branco de sempre e o chapeuzinho, lembrando barco de papel; a cruz vermelha no colete destacava-se tanto que mal notávamos os hematomas nos olhos delas. Aonde uma santa ia, um cigano ia com o cassetete atrás. E assim passavam os dias na Casa de Santé, eles batendo nelas e em nós; a diferença era que as santas pediam a surra. Santas, essas infelizes enfermeiras que mal sorriam, tanto era a vergonha em mostrar a falta dos dentes.

Dr. Maillard tinha uma massa de sebo branco constante no canto da boca, a barba era gordurosa. Até os loucos ficavam mais loucos diante dele; os próprios ciganos abaixavam a cabeça para deixá-lo passar. O homem autoproclamava-se um santo, assim como Rasputin fizera no momento que eu o vi pela primeira vez, antes dos escândalos religiosos envolvendo minha família começarem. Antes de me chamarem de louca, quando perdi o posto de imperatriz, eu acho.

Meu marido não ficara contente com os escândalos que se espalharam depois que Rasputin virou amigo da nossa casa. Os inimigos começaram a espalhar boatos, coisas da Igreja Ortodoxa Russa envolvida com mulheres da nossa família. Por isso meu esposo mandou-nos para esse hospício, Casa de Santé, aos cuidados desse Dr. Maillard, o jovem médico que havia trazido uma técnica secreta para tratar loucos. Dr. Maillard ainda se dizia ser um curandeiro místico, francês, descendente dum renomado guardião de lunáticos no sul da França, e que mesmo ele sendo estrangeiro, estava a um passo de tornar-se o profeta que conduziria a minha nação russa.

Na última missa, Maillard insistira em manter a placa EM TRATAMENTO na entrada da igreja, mesmo todos sabendo que estávamos em orgia. Acho que todos sabiam, porque os loucos recebiam um bilhete com o horário da missa e uma ordem para tomar banho e esfregar bem o meio da bunda.

— Veem este crucifixo? Ele é a *Boneca* — Dr. Maillard explicou, antes de começar a última missa. — Venham aqui! Ajoelhem-se diante dele e orem. Apertem a testa nele. Contemplem-no, ele é a *Boneca da Igreja* que vai exorcizar a loucura da Rússia.

Obedecemos.

— Só aqui, neste lugar distante, acabaremos com o profano misticismo... esse misticismo sujo que se alastra pelo país.

Fechamos os olhos e adoramos ao doutor e sua Boneca. Depois da sessão, alguns dos internos quiseram comer e dormir, mas os guardas aumentaram o som da ópera. Odeio aqueles macacos de circo, acho-os feios demais. Eles aumentaram o som até os ouvidos dos presos sangrarem, de verdade. E ainda, por maldade, levaram a comida para a sala com grade de ferro, onde era impossível entrar, mas era possível ver. As coisas nunca podiam ficar sossegadas nas mansões do hospício; sempre chegava alguém trazendo o caos e tirando nosso sossego. Sem comer, fomos para o último andar do edifício, onde as enfermeiras preparavam as poltronas do tratamento de choque, uma ao lado da outra. Choque para criar aquela sensação dolorosa, espantando o estado de alienação de quem ainda podia sentir algo. “Estrume não vai comer nada agora”, uma delas falou baixinho para mim. “Vamos usar o choque em vocês antes.”

A energia até falhou, tantas foram as poltronas ligadas de uma só vez. Tiveram que usar o gerador para continuar com a brincadeira. Acho que havia mais de vinte de nós levando choques ao mesmo tempo. Um demente tremeu de uma forma louca com a descarga elétrica, a ponto de trincar os dentes e vomitar. “Foi lindo”, disseram as santas aos ciganos. “Ele perdeu metade da boca.”

Em sequência, vieram os loucos sem higiene que defecaram nas poltronas. Esses, sim, eram os verdadeiros estrumes. Tínhamos uma regra: não podíamos nos sujar. O corpo devia ficar limpo para o momento em que os guardas quisessem usar os pacientes, e a bunda era a morada da seita. Sua bunda, a minha bunda, nenhuma bunda devia se sujar. As bundas eram dos médicos.

As enfermeiras levaram os sujos para o banho de água fria, no cômodo de azulejos azuis, onde tinha a lona que cobria o corpo, ficando só a cabeça de fora. Depois, foram com eles para aquele tipo de cadeiras giratórias que rodopiavam por horas até bater o sono gostoso da tarde. Em mim nunca deu sono, pois minha cabeça pesava e eu ficava zonza. Uma das cadeiras giratórias emperrou com um sujeito que vomitara tanto na engrenagem a ponto de cuspir dentes que travaram a máquina. Então, jogaram o banguela dentro de uma estrutura de madeira que girou sem parar, acelerando e freando, parecendo roda de engenho. Quebraram todos os ossos do banguela naquele procedimento, os gritos dele saíram mais altos do que qualquer música que os seguranças já usaram. Foi ensurdecedor!

Vi um companheiro de corpo bonito ser levado para a sala com camas, na parte limpa do segundo andar, onde tinha papel de parede com flores amarelas. Fui junto para ver o sujeito pelado. Os guardas tiraram a roupa das enfermeiras e ajeitaram-nas junto ao rapaz num canto, local em que Dr. Maillard montava seu presépio com velas cheirosas. No começo, o bonitão não entendeu o que era para fazer, por isso, ele recebeu o picador de gelo na cara até ficar sem iniciativa; a coisa parecia um espeto que entrava no crânio, acima do olho. Batiam no cabo do picador com um martelo e só paravam quando a ponta acertava uma parte do cérebro; então, giravam a haste para destruir a maldade enraizada na cabeça, fazendo a pessoa abrir a boca e babar. Diziam ser uma técnica nova que o mundo desconhecia. E esse era o maior segredo do hospício, invenção do Dr. Maillard e de seu parente, o tal Monsieur Maillard. Chamavam de o "novo sistema que acalma", algo penetrante, limpo e gostoso quando te acertava lá dentro.

Tal técnica era tão brutal que só a podiam usar nas mansões do norte, com a ressalva de que ninguém da organização da Casa de Santé poderia tomar conhecimento. Dessa forma, para participar das missas, era exigido o bilhete com o horário e a senha: "Parabéns, hoje você será usado no novo sistema que acalma, chamamos de lobotomia. Esteja com a bunda limpa".

— Agora, venha se deitar — as santas murmuraram ao pé do ouvido do bonito. — A dor afasta a loucura para longe. Sente isso? A cura está fluindo pelo furo do seu olho, a lobotomia é a morada da seita.

Lá no subsolo da capela de sete mil velas tinha uma fornalha onde os guardas queimavam as bandagens ensanguentadas e o cabelo que raspavam dos pacientes quando estes recebiam o furo no crânio. Também havia sempre uma mesa com pães e garrafas de vinho, na qual os médicos passavam horas rasurando os prontuários, criando histórias e explicando as mortes pelo mau uso do picador, para não terem de revelar o segredo da técnica de lobotomia.

Era comum chegarem grupos de médicos da administração que vinham fazer uma espécie de vistoria. Acho que eles passeavam pelas mansões e depois entravam no gabinete do Dr. Maillard, mas saíam todos sorridentes lá de dentro, com os bolsos cheios de alguma coisa de muito valor que ganhavam de Maillard, sorriam bastante ao se despedir e nada de multas ou punições para o doutor.

Naquele dia do bonitão pelado, desci para rabiscar sua história antes que os guardas fossem, enquanto o bonito já tinha morrido no presépio. Na verdade, eu queria aproveitar para comer alguns pães da mesa. Porém, para o meu azar, o doutor estava lá no corredor, rodeado por garrafas de vinho francês. Ele viu-me e lançou aquela língua diabólica para cima de mim, fazendo-me ter náuseas. Sua expressão congelada deixava qualquer maluco trêmulo.

— Imperatriz! Você não tem autorização para interferir nos trabalhos! — gritou e arrastou-me para as correntes do teto sem me deixar comer, quase esmagando o meu pulso com as algemas enferrujadas.

Eu odiava o beco das correntes. Meu tio tinha um cômodo com ganchos na fazenda, onde pendurava os animais para cortá-los com a serra. O piso, sempre roxo, respingado de vermelho e massas de carne rosada. Por sorte, no beco do Dr. Maillard faltavam os ganchos. Virei o rosto sem reclamar, segurando o vômito na boca para não babar. Dr. Maillard trabalhou nas correntes com a mesma maestria que sacudia no ar a Boneca da Igreja. Ele era tão rígido e forte quanto os touros de meu tio. Era um moço tão estiloso, eu acho. Fiquei dias presa ao lado de uma velha magra que se achava uma galinha, e mantinha um cotovelo apontado como se fosse a asinha da ave.

O desconforto de ficar pendurada com o corpo esticado só aumentou a fome. A posição nas argolas deixava meu estômago pesado, eu acho. Como eu odiava o beco das correntes! Chegou um momento em que não aguentei mais a gritaria das tripas e comi um pedaço da mulher-galinha; claro, ela estava presa às argolas bem perto de mim, e ela sacudiu tanto o cotovelo na minha frente que avancei feito uma hiena. Na primeira mordida, ela gritou um cocoricó surpreendentemente choroso, como se sentisse uma pitada de dor; indaguei e perguntei o que era, porém, ela não soube me indicar o local do desconforto. Enquanto eu mastigava a carne dela, a Boneca da Igreja *escapuliu* de meu bolso. Foi incrível. Aquilo era um crucifixo de metal!

E ela *controlou* o meu corpo como se fosse a mestra dos fantoches do beco, todas as correntes começaram a sacudir, como se o corredor girasse. Consegui soltar-me dos grilhões. Então, a Boneca aproximou-se de meu rosto, fez-me cortar a minha testa e estrangulou-me com a corrente, usando *minhas* próprias mãos. Depois, usou os *meus* pulsos para manter-me amarrada ao cano da fornalha e forçou-me a chutar a cadeira para longe. Fiquei balançando igual ao lustre da igreja. Era aquele maldito crucifixo que me causava todo o mal. Eu não tinha controle sobre o *meu próprio* corpo, a Boneca obrigava-me a fazer coisas contra mim mesma. Despertava um desejo de morte em mim, eu sei. Acho que ela queria que eu me enforcasse ali. Mas o cano partiu-se, então caí e torci o pé.

— Você quer me matar... matar por quê? — Consegui babar no crucifixo, segurando-o com as duas mãos. — Pensei que... pensei que existia amor entre nós.

A Boneca da Igreja estava perseguindo-me; não sei quando ela começara a me odiar tanto. De toda forma, o alarme tinha disparado. Os guardas chegaram com muita raiva, desenrolaram as correntes de mim e jogaram-me no fosso séptico. Deixaram o esgoto despejar-me no lago. Mas não teve jeito, a bagunça acordara todo o pavilhão. Disseram que eu tinha a voz estridente. Ignorantes! Nunca ouviram os macacos do circo cantando o *Yankee Doodle*.

— Não podemos perder a imperatriz Alexandra Feodorovna — conversaram entre si. — Essa é a ordem.

Logo, os guardas restantes não me deixaram ir, alegaram

que meu marido, o czar Nicolau II, não desejava a morte da imperatriz; muito pelo contrário, o homem ordenara a expulsão de toda a loucura de meu corpo e de toda a vergonha religiosa de minha família. A minha família? A família do czar russo Nicolau II; será verdade, de fato, ou seria isso uma anotação estúpida que alguma enfermeira fizera na minha ficha de internação? De toda forma, politicamente sincero e demagogo, Dr. Maillard, servo fiel do czar, mandou as enfermeiras resgatarem-me. Elas correram para o esgoto com agulhas no bolso. Queriam confinar minha loucura nas garrafas de vidro verde da mesa da fornalha. Furaram meus braços. Ficamos horas nesse processo de sangria, enchendo todos os recipientes, até que caí no sono. Depois, levaram as garrafas para um abrigo antibomba e ajeitaram-nas na estante dos vinhos. Ficou tudo misturado nas mesmas garrafas: vinho e sangue. Acho que era um procedimento médico tirar o sangue ruim das pessoas.

Para abafar as fofocas de minha besteira com as correntes, as enfermeiras minhas confidentes disseram que o seboso Dr. Maillard escreveu uma carta ao meu marido (será mesmo?), contando-lhe que eu estava com “certos espíritos imundos”, e que faria o expurgo pela sangria.

— O senhor pode ficar sossegado, czar; cuidarei disso pessoalmente. A Igreja Ortodoxa Russa será glorificada na mesa de jantar de vossa família. A Boneca da Igreja será louvada com a graça da Casa de Santé. Eu cuidarei de suas mulheres em segredo, vou furar todas e tirar espírito por espírito.

Depois da sangria, fui levada para a cama e deitei-me, por

dias, à espera da próxima ordem do czar. Ordem que não veio. Mas os boatos, sim. Boatos sempre voam entre os loucos. A guerra chegou antes dos planos de meu marido. A Revolução Russa havia começado, e dei graças por ter o hospício para abrigar-me. Pelos boatos, descobri que o czar estava com sérios problemas. A realidade interna da Rússia havia se agravado, fome, exploração dos trabalhadores urbanos e rurais, revoltas e movimentos contra o império russo. O país acabava de deixar a Primeira Guerra e a tal Revolução Russa começara. Nossa nação não tinha dinheiro para manter os soldados na guerra, nem para tratar a população. Enquanto os sujos dos bolcheviques estavam chegando ao poder, minha família era ameaçada. Alguns parentes foram assassinados e enterrados em valas nas florestas de pinheiros. Os boatos eram deprimentes; o pesar no peito, pior ainda. Só me restou dormir para tentar esquecer.

Quando acordei, fiquei sabendo que Olga Romanova (eu li na ficha dela), minha filha linda, havia sido mandada para a Casa de Santé, e que uma enfermeira com a Boneca da Igreja descia todas as noites ao abrigo para buscar um pedaço de pão para Olga, uma garrafa de vinho para mim e um frasco com minha loucura para borrifar pelo corredor. Mas eu dormi o tempo todo. E nunca bebo vinho! A Boneca estava começando a ficar alucinada; isso era sinal de que queria entrar no choque das santas. As orgias haviam acabado, ninguém queria saber de mais nada. Parece que a insensatez voava pelo ar. À tarde, a enfermeira esqueceu o crucifixo ao lado de minha cama e ele, o crucifixo, contou-me coisas sobre a igreja, lendo tudo no livro preto que achei debaixo de meu travesseiro. De toda forma, aquele crucifixo sabia que o *Senhor* amava as próprias criações, mas sentia-se temeroso, pois nas mansões do norte, *Ele* era chamado apenas de Boneca da Igreja.

— Será que você seria amada? — Eu sacudia o objeto enquanto murmurava em seu ouvido. — A Boneca da Igreja merece todo o amor do mundo?

Esse crucifixo começou a pichar com fezes os muros da torre, questionando os ensinamentos de nossa missa. Dr. Maillard não gostou, disse ser pecado, e, como o czar parara de enviar dinheiro, ordenou que os últimos funcionários abrissem a represa no alto do morro, dispersando muita água sobre o pátio das mansões, onde, naquele momento, havia uma fileira de pacientes acorrentados a soldados inimigos; inimigos que o próprio czar enviara em segredo para que recebessem o choque. Dinheiro ele não mandou, mas despachou mais gente para comer de nossa despensa. Corri para fora. Mal respirei o ar puro e vi que havia perdido todos aqueles bonecos de ventríloquo na primeira onda de barro. Lamentável! Tão novos, felizes e burros. O pátio, que parecia uma bacia, concentrou a água e formou um lago. Um lago de soldados inimigos. Imaginei o sorriso feio no rosto do czar, caso ele soubesse disso.

— Deviam ter comido as próprias mãos para se livrarem das correntes e nadarem! — gritei igual a uma louca, não crendo na falta de iniciativa deles. — Mas não, ficaram e se afogaram! Deviam ter feito o cocoricó! Mãos não, né?

Os soldados não falavam a minha língua, eu acho. Ninguém

me respondeu. Depois de arrebentar uma parte do pátio, a água continuou descendo para a floresta. Foi quando os guardas fizeram algo escandaloso com o rádio do escritório, soltando tanto chiado e palavras de S.O.S. que chamaram a atenção de alguma antena inimiga no céu, porque as cruzes voadoras detectaram nossa posição no mapa e logo bombardearam a região, riscando o ar com aquele barulho de hélice. Devíamos ter destruído o rádio; aquele equipamento era indomável, ninguém o sabia usar com calma.

As bombas enterraram um pedaço do prédio junto com um dos últimos muros da represa, esparramando ainda mais a lama. Chegou um momento em que o barro não desceu e a água não tinha como ir embora. Parecia um dilúvio.

— O Senhor vai afogar os miseráveis e enterrá-los com as bombas que se escondem nas nuvens — repeti, em voz alta, o que vi a Boneca escrever nas próprias costas, enquanto ela apontava os objetos caindo. — Ele vai, sim!

Não podíamos nos preocupar com a guerra, travávamos a nossa própria luta. Nesse tempo, eu já cuidava sozinha de Olga e da Boneca. Elas precisavam do choque antes de ficarem alucinadas. Eu gostava de riscar as costas da Boneca com as frases que decorei quando um padre as falou, no dia em que ele me forçou a rezar de rosto colado ao colo nu dele. Eu acho que foi nesse dia.

Tive de procurar pela chave da sala das cadeiras elétricas, por isso, entrei na administração e vasculhei todos os cantos. Foi quando uma santa enfermeira agarrou o meu braço e me jogou no pátio, perto das caixas enterradas, onde as bombas não chegavam. Olga veio junto.

— Vocês duas aí, fiquem dormindo no abrigo antibombas enquanto vou me limpar! — A santa estava agitada. — Depois, vou voltar para me deitar com vocês e esperar pelo nosso exército... eles vão enviar alguém para nos resgatar.

Lembrei-me dela; era a mesma enfermeira que ficava olhando para a minha bunda na hora dos banhos e que passava uma pomada ardida em minha genitália antes de me pôr na cama. Ela e o médico gordo, eu acho que eram eles. Às vezes, os dois se deitavam comigo, quando fazia muito frio em meu quarto e ficavam com os dedos no meio da minha bunda.

Deixei Olga e a Boneca no abrigo, como a santa instruíra, mas voltei para a superfície e fiquei parada, esperando a tarada retornar. Quando ela reapareceu, apontei o inimigo que surgia bem atrás dela; eu queria alertar a vagabunda, só que a ingrata me deu um murro tão forte que mal tive tempo de mexer a língua. Bem-feito! A safada nem se dera conta do tiro que atravessou sua nuca, arrebentando tudo. Morreu na hora. Preguei o amor ao próximo igual está no livro preto, queria o bem dela, porém, ela me bateu. Se bem que eu a iria matar com o crucifixo pela língua adentro. Olga chegou e confortou-me. Puxamos a morta para o abrigo e fechamos a tampa antes que o inimigo atirasse mais. Depois que matou a enfermeira, ele recuou e escondeu-se atrás de um tanque.

Com o passar das semanas, montamos um palco para brincar com os pacientes machucados que achamos escondidos no buraco. A grande diversão foi sacudir o esqueleto ainda com carne da enfermeira sem cabeça. Quando a carne dela acabou, a fome nasceu com tudo. Então, subi para enfiar a Boneca nas ruínas do que sobrara da Igreja bombardeada. Precisávamos reunir-nos em missa para pedir alimento e água. "Só depois de rezar, os estrumes podem comer." Nunca me esqueci dessa frase.

— Todos pecavam; tiveram o merecido, foram esmagados e lavados — a Boneca profetizou ao meu ouvido. — Vê como a água ainda está alta, parecendo uma ilha? Depois daqui, será a vez da Casa de Santé apodrecer debaixo das bombas. Tudo vai virar uma sopa.

Mudei de ideia; eu não podia fincar o crucifixo naquela terra. Não agora, quando toda a loucura vermelha havia se misturado ao solo. Se o mal fosse escorrer até a Casa de Santé, eu devia fazer algo em nome da Rússia. Precisávamos reunir-nos em orgia.

Peguei o lenço que eu mesma dera para Olga tentar se enforcar e limpei o corpo da Boneca. Passei dias nesse ritual de higienização do crucifixo, preparando-o para a noite especial que me viera à cabeça. Achei um tambor com alcatrão e esfreguei o objeto. Nesse dia, os outros pacientes já haviam morrido todos; alguns de fome, outros, de burrice, pois tentaram sair do buraco bem na hora que uma hélice voou baixo e soltou uma bomba amarela que queimou toda a carne da superfície.

As bombas arrebentaram mais algumas comportas do rio, por isso, a água continuou subindo no pátio, até ficar a poucos metros da entrada de nosso abrigo. Se eu soltasse a Boneca seria perigoso, ela escorreria e afundaria. Tão frágil, cabia na palma da mão e era de bronze, afundaria fácil; um crucifixo desses que eu via nas mãos das velhas no centro de Moscou. Na torre da igreja, tinha a varanda do sino. Olga pediu para passar o lenço lá no piso e o deixar limpo para a gente se deitar. Ela queria sair logo do abrigo antibombas.

— A água não vai chegar lá, mamãe... e preciso me enforcar... minha garganta está coçando.

Corremos todas para lá; foi a nossa primeira noite em família, sem o caos do hospício. Depois de anos sem amar, até que enfim pude sentir o corpo de alguém querido em mim; foi bem no coração da Igreja, sem sentir pecado, com o meu consentimento. Olga, a Boneca e eu. Fizemos sexo, eu acho. Dr. Maillard dizia que nunca poderíamos nos amar, pois era uma aberração. Dizia que meu marido estava triste por eu amar mais a minha filha do que a ele. Claro! Ele era feio e estranho. O czar mal tinha um pinto duro; tão pequeno, menor ainda que o meu crucifixo de bronze. Amar nunca seria aberração.

Aberração era a caixa onde ele deixara minha filha dormir no começo, quando o czar a mandou para o hospício como forma de punição. A caixa era uma cova fedida debaixo da capela. Porém, Olga havia adorado. A imbecil não tentou fugir nem quando alguma santa esqueceu o tampão aberto. Burra! Bastava tirar os ferrolhos do calcanhar, cortar os pés e puxar os grilhões. Mas não, ela queria dormir no barro; gostava de rasgar as unhas nas tábuas, falava que ia abrir espaço para o sol. Chorava e chorava ao tentar libertar-se. Mas se doía tanto, por que não ficar quieta e aceitar o castigo? Como alguma de nós iria fugir dos castigos do czar?

— Filha, preste atenção na mamãe! Tirei os seus olhos, você não precisa de luz, estava escrito na sua ficha, sabe? Disseram que você já veio para o hospício com a visão ruim — expliquei, depois de furar o rosto dela. Só assim consegui convencer Olga a sair daquele buraco.

Quando o inverno chegou, tivemos de abandonar a torre da Igreja e mudar-nos novamente para o abrigo, pois não havia mais o que comer, nem como sobreviver por lá. Dr. Maillard escondera-se numa caverna na floresta e ninguém mais cuidou da despensa. Nesse tempo, a guerra estava quase acabando para nós e o frio atacava a região. Foi quando Olga e seus olhos falhos apareceram com um monte de panos tirados do fundo dos caixões da funerária. Disse ela que os mortos não mereciam, porque esperariam pelas bombas para queimarem. Ela costurou os retalhos e fez uma manta. Fiquei preocupada com minha filha, pois estava dando mostras de loucura; a coitada não sabia costurar. Onde ela havia arrumado agulha? Acho que nem tínhamos funerária nas propriedades do norte.

Deixei a preocupação de lado e corri para reunir os corpos de alguns soldados, quando a chuva de bombas cessou. As vozes em meu estômago não paravam de reclamar da fome que viria no frio. Peguei várias coisas da cozinha do refeitório e amontoei num balde; seria o suficiente para prepararmos receitas com os dedos dos inimigos.

Quando o inverno passou, Dr. Maillard apareceu em nosso subsolo com coisas do cemitério. Cemitério? Sempre surgia algo novo para mim, era incrível. Viver naquele lugar era uma descoberta atrás de outra. Ele disse que esteve com alguns oficiais russos e que as últimas ordens do czar foram transformar o pátio das mansões num cemitério militar, por isso, agora passamos a trabalhar com ferramentas para enterrar soldados. Revoltante! Maillard usara o que sobrou de nosso choque naquele bando de desgraçados com fuzis estrangeiros, que mal aguentavam e morriam; depois, iam para as valas ocupar o nosso espaço. Até os cassetetes dos guardas foram para os buracos. Olga disse que eles nada podiam mandar na guerra, e os brutos foram massacrados pelos inimigos. Claro! Os guardas só sabiam bater nas enfermeiras e martelar nossos olhos. Esses ciganos do hospício não valiam nada na guerra.

Olga foi egoísta, não cedeu espaço para os mortos que chegavam; ela só ficava se arrastando pelas beiradas, sempre atrapalhando quando alguém estava trabalhando em alguma coisa no canto. Dr. Maillard teve que lhe arrancar as pernas. Amputou dos joelhos para baixo. Usara um produto para tirar a dor e deixar a menina grogue. Disse que ela havia pisado numa mina e estourado os membros. "Ou amputa ou ela morre!" Acho que era mentira dele. Dias mais tarde, sem as pernas, ela mudou de humor, porque ficou sem nada para fazer e só sabia irritar as últimas enfermeiras com reclamações de dores e pedidos para ser colocada num lado e depois noutro. Sem falar que pedia para ir ao banheiro também; não tinha como se manter em pé para descarregar aquela massa escura que saía todos os dias de sua bunda. Foi quando jogaram a Boneca da Igreja novamente no buraco para exorcizar a loucura de minha filha, pois disseram que as dores dela eram pecados pela falta da orgia. "Rezem e peçam paz!"

Dessa vez, vi a Boneca direito. Olhei bem e notei que estava pelada. Pregada numa cruz. Pelada, só com um pano na cintura e um anel de espinhos na cabeça. Achava-se um pouco maior, parecendo um boneco de pelúcia; ela não cabia mais em minha mão, eu tinha que segurar com as duas. Olga ficou amiga dela e lhe costurou um vestido de bailarina. Mas não era a minha boneca de bronze. Aquele objeto era outro; alguém achou um crucifixo maior nos escombros e jogou para nós?

Quando voltei de uma exploração pelas ruínas, comentei com Maillard que queria ver a Boneca dançar na caixinha de música que encontrei na sala do antigo zelador. Dr. Maillard ficou furioso. Disse que os demônios entraram em mim de novo e que não era para eu ver nada, por isso, devolveu-me ao buraco com o olho ferido, pois o picador da lobotomia entrara errado e acertara o meio de minha íris. Doeu muito. Sem enxergar por dias, tive de ficar quieta, só ouvindo. Foi quando escutei Olga sussurrando com a Boneca.

— Você prega o amor e acaba com a loucura? Você me amaria com todo o amor do mundo? Assim, do jeito que estou, toda desfigurada? Eu sou bonita? Sou uma bailarina... Sei dançar sem as pernas.

Fiquei em meu lugar, sem me mover. Ninguém desceu mais. Nenhuma enfermeira ou segurança; nada de refugiados mortos, muito menos o seboso Dr. Maillard. Também nenhuma notícia da Casa de Santé. A guerra se afastava de nós, porém, nossa família estava acabada, a Revolução Russa havia levado tudo. Pelo menos não passara fome naqueles dias; Olga cozinhara para mim, oferecendo-me um dedo por vez em cada refeição. Foi um tempo feliz, jantares amigáveis entre mim e minha filha. Só que ela chorava a cada vez que eu mutilava a mão dela.

Três semanas depois, escutei os passos da Boneca. Ela andou sozinha, eu acho. Escutei uns gemidos. Ela estava assustada e vinha em minha direção, arrastando Olga junto. Criei coragem e levantei-me. Senti o corpo delas projetando-se sobre o meu. Entramos em uma briga. A Boneca sussurrou que queria se deitar comigo de novo e ficamos em silêncio por minutos, até que fiz aquilo que o doutor me mandou não fazer nunca mais: abri os olhos e vi. A Boneca estava toda machucada: pulsos sangrando, pés perfurados, testa ferida e um corte horrível no lado direito do peito. Parecia um homem preso numa cruz. Minha filha fez isso com ela.

— Por que você fez isso, louca?

Rolamos no chão. Peguei Olga e joguei-a no fosso. Sem pernas nem dedos, ela afundou nas fezes.

— Vá com todo o amor do mundo, filha! Você está livre. Aqui não tem lugar para tipos como você.

Eu tinha que tirar a Boneca de lá. Fiz um vestido e amarrei-o em seu corpo. Arrancamos a tampa do calabouço, pegamos uma tábua comprida da porta e levamos tudo para cima. A tampa flutuou perfeitamente. Então, a Boneca fez da tábua um remo e nós duas atravessamos pela água. Mas era só eu que fazia as coisas, sempre. Ninguém nunca me ajudava em nada.

Chegamos ao jardim do prédio principal. Estava queimado, cheio de crateras e soldados despedaçados. Corremos para dentro e vasculhamos o lugar. Achei um piano no sótão. Ajeitei a Boneca numa mola que saía dele e ela começou a tocar sem parar, rodopiando o vestido. Saí de perto para não atrapalhar. No sótão, muita bagunça. Parecia uma despensa abarrotada de coisas importantes. O zelador havia escondido aquelas tranqueiras para Olga não as roubar. Era uma ladra a menina, por isso as santas apertavam seus dedos com as correntes, o que deixava suas mãos roxas. Desci, sentei-me no sofá da recepção e fiquei em paz, até aparecer o novo morador do lugar, o capelão do exército inimigo. Ele trazia o livro preto do doutor. "Certeza que ele roubou, é igual, olha só!", a voz alertou-me.

Mais um ladrão em minha vida. Eu precisava recuperar o objeto e esmagar as mãos do sujeito com as correntes, mas antes, tinha que salvar a Boneca lá em cima, no piano.

— O que você está fazendo aqui? — ele indagou. — Seu rosto... você se parece demais com a esposa do czar... Mas o czar e ela estão... longe!

Contei que deixara a Boneca no piano, enquanto comia o corpo dos soldados, pois queria ter mais uma noite a sós com ela e precisava me fortalecer. O inimigo murmurou algo e me estudou com o mesmo olhar dos seguranças quando seguravam o punho para não me esmurrar. O homem era feio e falava uma língua estranha quando não se concentrava, deixando o russo de lado. Mas eu precisava dele, então pedi para falar devagar e expliquei tudo sobre a Igreja.

— Capelão! Já faz dias que a Boneca parou de tocar o piano e ainda não desceu. Não tive coragem para subir. Estou com medo. O que aconteceu com ela? As bombas voltaram, precisamos continuar.

Ele nada falou.

— Quem são os loucos, os médicos ou os pacientes? Quem vai matar a Casa de Santé, a guerra ou o próprio tratamento? Por quanto tempo reinaram os loucos?

Sacudi o homem.

— A Boneca precisa me ajudar a remar. Minha filha morreu para chamar a atenção do czar da Rússia.

— Os demônios estão na sua cabeça — ele respondeu, arranhando um sotaque horrível. — Vamos buscar essa... boneca... Depois... tirar os espíritos de você.

Então tive que contar da técnica secreta de acertar o cérebro pelos olhos.

— Falam que se chama lobotomia e se você errar, pode deixar a pessoa cega. E tínhamos a piscina com água gelada até o pescoço, as cadeiras elétricas e a roda de madeira para você rolar dentro. O que você quer testar? E também o livro francês que ninguém abriu ainda que contem os estudos o Doutor Tarr e do Professor Fether, eu sei em que gaveta esse livro fica.

O capelão achou tudo interessante. Pegou um picador de gelo na cozinha e uma pedra para usar como marreta.

— Vamos com a lobotomia, primeiro. Quanto ao livro do doutor e do professor, deixemos de lado; eu não sei ler em francês.

E ofereceu-se para segurar minha mão e subimos. Estava tudo escuro, com um cheiro adocicado; ele explicou que foi um tipo de bomba nova que seu exército havia lançado, eliminando toda a parte biológica do vale. Um gás verde que dissolve a pele.

— A guerra acabou para o seu país, czarina. Vencemos. E quem viver, ficará doente e vai morrer em poucos meses, o gás é tóxico demais.

Que desgraçado! Eu odiei tanto aquele homem. Ele tinha a mão pequena. Com poucos anéis da corrente daria para esmagá-las. "O safado precisa pagar, não se esqueça!" Mas ele estava levando-me para a Boneca; era meu melhor amigo, não tive coragem. Então, ele sugeriu um plano melhor para me curar, usando uma cruz. "Você não vai permitir isso, vai?" O ladrão queria partir a tábua e fazer uma cruz para amarrar-me com a corrente dos condenados. Não podíamos deixar que acontecesse. Se quebrássemos a tábua, como a Boneca remaria? Ele irritou-se com minha negativa e começou a ler o seu livro preto, erguendo a mão e estapeando-me sem parar, mandando-me repetir tudo o que a voz me contava. Ajoelhei-me e fiz tudo o que ele ordenou; foram coisas nojentas, por horas. Bem piores do que as orgias.

Por fim, ele tirou a Boneca do piano, ergueu a coitada e espremeu-a contra minha testa, rezando alguma coisa estranha. Apertou tanto que senti arder. Depois, enfiou o dedo em meu olho machucado, colocou-me numa roda de madeira e empurrou-me pela escada. Levou a coisa para o pátio e brincou de esquilo comigo por algumas horas, até os demônios começarem a falar dentro de minha cabeça. Pediam para sair dos ossos; eram muitos, eles partiram quase todo o meu corpo para que pudessem fugir. Já à noite, o capelão amarrou a Boneca ao meu pescoço e jogou água de um frasquinho em meu rosto. Meus ouvidos sangraram por conta das vozes. Implorei para silenciar a baderna; ele prometeu que assim o faria, e foi buscar o picador e a pedra. Eu ainda tinha uma perna e um braço sem quebrar, então, afastei-me e achei uma corrente. Quando o safado retornou, a voz mandou que eu desse uma lição nele. Retruquei:

— Não posso... Como vou exorcizar o capeta da minha cabeça sem a ajuda dele? Ele só sai pelo suco dos ossos. Temos que continuar moendo o meu corpo.

Porém, a voz insistiu. Disse que sabia como usar o picador e que me guiaria, já que aquela era a melhor técnica que tínhamos, e eu deveria defender o trabalho do Dr. Maillard, em nome da Rússia. Quando o ladrão voltou, joguei a corrente no braço dele; ela bateu com força e rodou várias vezes, prendendo-o. Ele caiu e continuei dando mais voltas. Puxei tão forte que expulsei vários espíritos de seus ossos. Enfim, ele parou de berrar, então a Boneca entrou por sua língua, rasgando tudo. Ele se engasgou e morreu.

Voltei com ela para o piano e enrosquei-a na mola novamente. A engrenagem começou a rodar. A música da caixinha saiu macia; a bailarina girou. Ficamos por dias ali, curtindo, até tudo silenciar. Após isso, pude, mais uma vez, ouvir as vozes, que me instruíram. "Pegue o picador, a pedra e procure um espelho."

Obedeci e fiquei em frente ao espelho; ajeitei o picador no olho furado e, num golpe, a coisa entrou. Não senti nada. Eu estava livre, o procedimento dera certo. Livre e em silêncio. Tudo se foi. Comecei a babar, a ponta entra tão gostosa. Pela primeira vez, sentia-me feliz. Puxei a coisa do crânio e saí da casa. Caminhei para o lago, ao fundo. A água cobriu-me, lavando o sangue do rosto. Ali fiquei, de volta às águas sujas que corriam até a Casa de Santé, com a cabeça sendo preenchida de barro, enquanto o cérebro escorria, sem espaço para mais espíritos.

Eu estava curada. O lugar, completamente lavado. Não havia qualquer outra pessoa viva no norte; os inimigos haviam descarregado mais bombas adocicadas, levando toda a loucura e os soldados juntos. As mansões distantes se foram. Ficou tudo vermelho. Vermelho de loucura e de sangue. E branco. Branco da neve que coroava as montanhas. "Você não devia ter se deitado com a Boneca", o vento sibilou. Uma janela foi aberta no sótão... ah, não... ouvi um canto gregoriano... Parece que algo pegou o picador e está vindo atrás de mim, arrastando-se, eu acho. Eu já sei disso. Nunca podemos ficar no sossego aqui... sempre chega alguém trazendo o desejo de mais orgia e de uma bunda limpa.

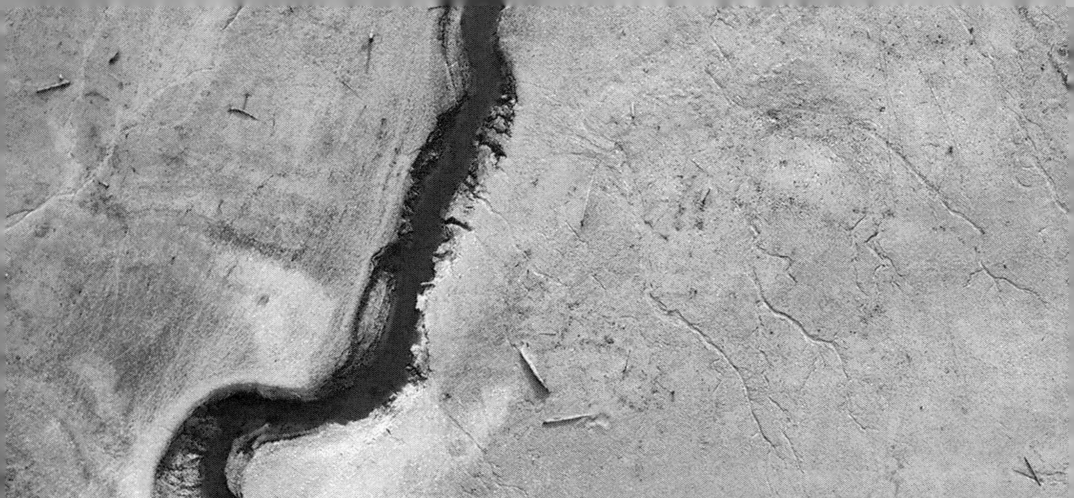

A Queda da Casa de Usher
(Edgar Allan Poe, 1839)

Roderick Usher, um sujeito rico e doente, envia uma carta a um antigo amigo, convocando-o para ficar em sua mansão, pois Usher está doente e a presença de uma amizade pode animá-lo. Quando o amigo chega, primeiramente ele se depara com um cenário de tristeza gótica e uma espetacular mansão que se espelha, de forma gêmea, na superfície de um lago; e o que mais toca o amigo é a rachadura que se estende a partir do telhado da construção, dividindo a Casa de Usher em, literalmente, duas partes. E são duas partes antagônicas que o amigo vem a conhecer dentro da mansão. Duas almas gêmeas (razão e loucura) tão escuras quanto a mais sombreada das cortinas da "Casa de Usher".

Tradução de Bruno Godoi e Danielle Tavares

A Queda da Casa de Usher

"O coração de ambos é um sutil alaúde;
Toque-o e ele ressoa."
De Béranger

DURANTE todo um baço, enevoado e insondável dia de algum outono passado, com as nuvens pendendo opressivamente baixas no céu, estava eu, sozinho no lombo dum cavalo, trotando por uma raríssima via, um tanto lúgubre, quando, já com as sombras da noite avançando, encontrei-me diante da melancólica visão da Casa de Usher. Como, eu não sei — mas, já no primeiro vislumbre da construção, um senso de insuportável falta de alegria impregnou-me no espírito. Digo insuportável; em razão de que meu estado nem de longe fora aliviado por esses sentimentos meio festejadores, pois poéticos, com os quais pode a mente receber as tão inflexíveis imagens naturais do desolado ou mesmo do terrível. Estudei a cena à frente de mim —

a casa e seus detalhes; a ordinária característica panorâmica a ela contornando, muros sombrios; janelas vazias criando olhos; minguados juncos rançosos e cândidos troncos apodrecidos de outrora árvores robustas —, vi isso tudo com total abatimento da alma, o qual não posso comparar de modo adequado a nenhuma sensação terrestre e sim ao pós sonho de um folião do ópio; um lapso amargo na diária vida desse, a hedionda queda do véu fantástico da fuga. Havia frieza, uma prostração, certo adoecimento do coração — uma melancolia não suplantada de pensar que nenhuma imaginação poderia se transformar em algo sublime. O que foi isso, estanquei e refleti, o que foi isso que tanto me enervou na contemplação da Casa de Usher?

Era um mistério insolúvel, eu não poderia lutar contra as fantasias sombrias que se amontoavam sobre mim enquanto ponderava. Fui forçado a me render à conclusão insatisfatória de que *existem*, sem dúvida, combinações de simples objetos naturais os quais têm o poder de nos afetar; ainda que a análise deste feito encontra-se entre as argumentações além de nosso gênio. Era possível, aceitei, que uma mera mexida na disposição da essência de uma cena, na troca de detalhes de uma imagem, poder-se-á ter o efeito para modificar, ou talvez, tirar o poder da pesarosa impressão que a coisa passa, e, agindo sobre tal ideia, instiguei o cavalo até à beira escarpada que aprisionava um lago glacial, preto e horrível, em seu brilho imperturbável no vale perto da residência e olhei para baixo — com um tremor ainda mais excitante que antes —, e sobre a água vi se espelhando o reflexo invertido das imagens remodeladas do junco cinzento, bem como o medonho caule das árvores, e os vazios olhos que eram as janelas da mansão.

Mesmo assim, naquela desalumiada mansão eu propus a mim mesmo residir por algumas semanas. Roderick Usher, o então proprietário, fora um dos meus melhores companheiros da mocidade; mas muitos anos tinham se ido desde o nosso último encontro. Uma carta, entretanto, chegara a mim, vinda daquela distante parte do nosso condado; uma carta dele, que em sua natureza extremamente importuna, não admitia outra coisa senão uma resposta. Seu manuscrito deu sinais de uma nervosa agitação; ora, o redator falava acerca duma doença física — uma desordem mental que o oprimia — e dum sincero desejo de me ver, como seu melhor e, na verdade, único amigo, com o objetivo de tentar, com a alegria de minha associação em sua casa, algum alívio para a enfermidade. Assim foi a maneira a qual isso tudo, e muito mais, foi me dito — sendo que, aparentemente, fora o meu *coração* que aceitara o pedido —, de tal forma que não me permitia espaço para a negativa, e de acordo obedeci imediatamente o que ainda considerei como uma curiosa convocação.

Apesar de quando garotos tivéssemos sido unidos intimamente, pouco ainda eu sabia do meu amigo. Sua reserva sempre fora excessiva e habitual. Ciente eu estava, contudo, que sua antiga família muito se destacava desde tempos já esquecidos pela peculiar sensibilidade de temperamento — revelando-se através de longas eras — em sublimes conjuntos de obras de arte, além de ter se manifestado, a épocas mais recentes, em repetidos atos de sutil caridade, tal como uma devoção apaixonada por complexidades; talvez até mais do que belezas ortodoxas e atrativos facilmente reconhecíveis no meio da ciência musical. Eu também havia aprendido o fato notável de que o tronco da raça Usher, mesmo consagrado pelo tempo, jamais entregara qualquer ramo duradouro de existência — em outras palavras, a família permanecia na linha direta de descendência com insignificantes e temporárias variações de berço.

Foi essa deficiência sanguínea, a qual considerei como certa depois de um profundo exercício mental, a culpada pela perfeita permanência do caráter sobre a prole que mantinha o aspecto credenciado à linhagem. Enquanto eu especulava assim sobre como teria sido a possível influência do caráter sobre o aspecto, e de como poderia um ter exercido poder sobre o outro — no longo lapso dos séculos da família —, defini, por fim, que fora a deficiência de uma emissão colateral, e, consequente, transmissão inalterada de marcas de pai para filho. Até mesmo se mostrando no patrimônio homônimo, tornado gêmeas a casa e a família, de modo a fundir a epígrafe da propriedade no pitoresco e ambíguo conjunto de a "Casa de Usher" — um conjunto que parecia se enraizar na mente dos camponeses que conheceram ambos; a família, e a mansão da família.

Disse eu que o único efeito do meu experimento infantil — de pregar os olhos lá embaixo no lago — foi aprofundar a notável primeira impressão do desprazer. Sem dúvidas que a ciência desse ligeiro despertar de minha crendice — posso falar assim? — serviu principalmente para acelerar o seu próprio crescimento. Essa é, há muito sei, a lei paradoxal de todos os sentimentos que têm a sua base no terror. E deve ser apenas por essa razão que, quando ergui os olhos novamente para a casa em si, abandonando a sua imagem na água, surgiu em minha mente a estranha fantasia — uma fantasia de fato tão ridícula que a menciono apenas para mostrar a força vívida das sensações que me oprimiam. Havia eu estimulado a imaginação ao ponto de crer que em toda a morada, e em seu entorno próximo, pesava uma atmosfera peculiar a ambos — uma atmosfera a qual não tivesse afinidade com o ar do céu, mas que cheirava a árvores podres, ao muro cinza e o silente lago —, uma névoa preguiçosa, pestilenta e mística, em parte discernível e plúmbea.

Livrando meu espírito disso que *deve* ter sido um sonho, examinei mais atentamente o real aspecto da residência; seu caráter principal pareceu ser de uma antiguidade excessiva, com o inerente desbotamento dos anos. Fungos minúsculos espalhavam-se por todo o exterior, pendurados numa fina e emaranhada teia. No entanto, o conjunto não indicava uma maior deterioração. Nenhuma parte da alvenaria havia caído; parecia haver uma inconsistência selvagem entre sua perfeita adaptação das partes e a condição despedaçada de cada pedra. Nisso muito me lembrava da ilusória totalidade de trabalhos em madeira que apodrecem ao longo dos anos nalguma abóbada negligenciada sem sequer a perturbação dum bafo de ar externo. Além dessa indicação de deterioração extensa, entretanto, o conjunto deu poucos sinais de instabilidade. Talvez o olhar atento de um observador teria avistado a fissura quase imperceptível que se estendia do telhado do volume frontal para descer em ziguezague pela parede, até, então, se perder nas sombras molhadas do lago.

Notando essas coisas, subi por uma trilha até o casarão. Um cavalariço me aguardava; ele cuidou de minha montaria e atravessei o arco gótico do vestíbulo. Então, sem palavras, um criado de andar furtivo me conduzira por passagens escuras e intrincadas até o *estúdio* de seu mestre. Muito do que encontrei no caminho contribuiu, como eu não sei, para aumentar os vagos sentimentos dos quais já falei. Enquanto os objetos ao redor — desde as esculturas do teto, as tapeçarias cinzentas das paredes, a escuridão de ébano do chão e os fantasmagóricos troféus armoriais que chacoalhavam enquanto eu passava — eram nada mais que assuntos os quais eu estava acostumado desde a infância — mesmo hesitando em não reconhecer o quão familiar tudo aquilo era —, eu ainda questionava se eram estranhas as fantasias que os itens estavam me provocando. Numa das escadas encontrei o médico da família; seu semblante, achei, exibia a mesclada expressão de baixa astúcia com perplexidade. Ele abordara-me com receio e partiu. O *arrumador* abriu uma porta e me *conduziu* à presença de seu mestre.

Vi-me num aposento alto e amplo, de janelas compridas, estreitas e pontiagudas, instaladas tão lá em cima que a distância até o piso de carvalho se mostrava inacessível ali por dentro. Fracos raios de luz incrustada abriram caminho através das vidraças de treliça e serviram para tornar assaz distintos objetos mais proeminentes ao redor; meus olhos, entretanto, lutaram em vão para alcançar os mais remotos ângulos da câmara, ou os recessos do teto abobadado e ornamentado. Escuras tapeçarias pendiam pelas paredes. A mobília em geral era antiga, profusa, miserável e esfarrapada. Livros e instrumentos musicais espalhados em montes, contudo, não davam vitalidade à cena. Senti que respirei a atmosfera da tristeza. O ar de severa, cavada e irredimível escuridão prevalecia.

Quando entrei, Usher levantou-se de um sofá de onde estava deitado e cumprimentou-me com um calor vivaz, o qual julguei ser repleto de cordialidade exagerada — para mim fora o empenho forçado de um *ennuyé*, um homem entediado com o mundo. Uma espiada, no entanto, em seu semblante me convencera de sua perfeita sinceridade. Sentamo-nos, e, por alguns momentos, enquanto nada falamos, olhei-o com o sentimento meio de pena, meio de admiração. Certamente, homem algum jamais havia mudado tão terrivelmente, num período curto daquele, como Roderick Usher!

Com dificuldade fiz-me admitir que a identidade pálida diante de mim havia sido minha companhia de juventude. Ainda assim, o caráter do seu rosto se revelava notável como sempre. Uma compleição cadavérica; olhos largos, líquidos e luminosos além de comparação; pálidos lábios de algum modo finos, mas de extrema beleza nas curvas; o nariz num delicado modelo israelita, porém com largas narinas incomuns em tais tipos; queixo finamente moldado, digo, em sua falta de proeminência, bem como na ausência de energia moral; o cabelo com a suavidade e maciez de teia, características tais, com sua união desordenada acima das têmporas, compunham, juntas, um semblante difícil de ser esquecido. Por fim, no meio desse banal exagero dos caracteres predominantes — e na expressão que costumava transmitir o rosto de meu amigo —, havia tantas mudanças que tive dúvida quanto a real pessoa com a qual eu lidava.

A medonha palidez da pele e o brilho miraculoso no olhar, acima de tudo, me assustaram e me espantaram. No que tange ao sedoso cabelo, os fios haviam passado por um processo de livre crescimento — plenamente caóticos numa textura de teia selvagem —, e como pareciam flutuar ao invés de cair sobre o rosto, não pude eu, nem mesmo me esforçando, conectar a expressão *arabesca* com qualquer mísera ideia de humanidade.

Nos modos de meu amigo, imediatamente me impressionei por uma incoerência — uma inconsistência; e logo descobri ser fruto de uma série de lutas para superar a trepidação habitual, uma excessiva agitação nervosa. Para algo dessa natureza eu tinha de fato me preparado, não menos por sua carta, mas pelas reminiscências de certos traços de juventude e por conclusões deduzidas de sua peculiar formação física e temperamento. Sua ação foi alternadamente vivaz e soturna. A voz variou rapidamente de trêmula indecisão (como quando os espíritos dos animais pareciam totalmente suspensos) para aquela espécie de concisão enérgica, uma enunciação abrupta, pesada, sem pressa e vaga, uma expressão gutural plúmbea, auto equilibrada e perfeitamente modulada, a qual pode ser observada por um desgovernado bêbado — ou o irremediável consumidor de ópio durante seus períodos mais intensos de excitação.

E foi assim que ele apresentou o objetivo de minha visita, de seu sincero desejo de me ver e do esperado consolo que eu o desse. Ele entrou, por fim, naquilo que concebia ser o centro de sua enfermidade. Era, alegou, um dano constitucional e familiar o qual se via desesperado para encontrar o alívio, uma mera afeição nervosa; e imediatamente adicionou que indubitavelmente a crise passaria. Exibiu uma série de sensações não naturais. Algumas como ele mesmo as detalhou, me interessaram e me desnortearam, embora, talvez, os termos e a maneira geral da narração tivessem seu agravo. Muito sofria de uma agudeza mórbida dos sentidos, tanto que suportava apenas a mais insípida das comidas, podia usar unicamente roupas de texturas ímpares, o odor das flores era lhe opressivo, torturava-lhe os olhos até a mais fraca luz; e havia somente sons peculiares, estes de instrumentos de cordas, que não inspiravam-lhe o horror.

Para uma espécie anômala de terror, descobri que ele era um escravo limitado. "Eu devo perecer", disse, "eu *preciso* perecer nesta loucura deplorável. Deste modo, ah, deste modo e não de outra forma estarei eu perdido. Receio eventos futuros, não eles em si, mas o resultado deles. Estremeço só de pensar em qualquer incidente, mesmo o mais trivial, que possa operar sobre esta agitação intolerável da alma. Não tenho, de fato, nenhuma aversão ao perigo, exceto ao seu reflexo absoluto — Terror. Neste enervado, nesta condição lamentável, sinto que cedo ou tarde chegará o período em que devo abandonar vida e razão, ambas, em alguma luta contra o fantasma das trevas — Medo."

Descobri, além disso, aos poucos e por meio de ambíguas insinuações confusas, outra característica singular de sua condição mental. Estava ele acorrentado por certas supersticiosas impressões à própria residência que por muitos anos já morava, sem sequer nunca se aventurar a sair — supostamente algo relacionado à influência de uma força cujo relato fora transmitido numa síntese por demais obscura para ser aqui retomada — uma influência na qual algumas peculiaridades na mera forma e substância da mansão tinha, por força de longo sofrimento, disse-me, obtido sobre seu espírito — um efeito que o *físico* das paredes e torres cinzentas, e a turbidez do lago, no fundo do vale, para o qual todos olhavam para baixo, tinha, finalmente, causado no *moral* de sua existência.

Ele admitia, porém, embora com hesitação, que muito da sombra característica que assim o afligia poderia ser atribuída a uma origem mais natural e palpável; era a grave e prolongada doença — na verdade, à dissolução evidentemente próxima da vida — de sua ternamente amada irmã, a única companhia por longos anos, e seu último e único parente na Terra. "Seu óbito", dissera ele, com amargura que nunca conseguirei esquecer, "me deixará (ele mesmo, o débil desesperançado) como sendo o último da antiga raça dos Usher." Enquanto ele falava, Lady Madeline (assim a chamavam) atravessou a parte remota do apartamento numa passada e, sem medir minha presença, desapareceu. Notei-a com um espanto absoluto, não sem a mistura do pavor; e mesmo assim seria impossível explicar tais comoções. Uma sensação de estupor me oprimiu enquanto meus olhos seguiram seus passos em retirada. Quando a porta, por fim, fechou-se atrás da mulher, procurei instintiva e ansiosamente o semblante do irmão; mas esse tinha enterrado o rosto nas mãos de modo que percebi a incomum fraqueza que se espalhara pelos magérrimos dedos, através dos quais escorreram o peso de lágrimas apaixonadas.

A doença de Lady Madeline há muito iludia a habilidade de seus médicos. Uma apatia estável, com frequentes perdas gradativas do semblante e ataques, ainda que transitórias, de caráter parcialmente cataléptico eram os seus incomuns diagnósticos. Até ali ela havia suportado firmemente a pressão da moléstia e evitado se recolher para o leito; mas ao fim do dia de minha chegada, sucumbira (como seu irmão me disse já à noite, com agitação indizível) ao poder destruidor da prostração. E eu tive para mim que aquele meu vislumbre de sua pessoa seria provavelmente o último que eu teria —, pois, aquela dama, ao menos enquanto vivesse, por mim não seria mais vista.

Por vários dias subsequentes, o nome dela não fora mencionado nem por Usher nem por mim, e durante esse período estava eu ocupado em sérios esforços para aliviar a melancolia do meu amigo. Pintamos e lemos juntos; ou, de outro modo, eu ficava a ouvir, como se num sonho, os selvagens improvisos de seu violão. E assim, à medida que uma maior intimidade me admitia sem mais reservas nos recessos de seu espírito, mais amargamente eu percebia a futilidade de toda tentativa de animar uma mente da qual as trevas, como se uma qualidade positiva inerente, se derramava sobre todos os objetos do universo moral e físico — em uma irradiação incessante de breu.

Sempre levarei comigo a lembrança das múltiplas portentosas horas que passei assim sozinho com o mestre da Casa de Usher. No entanto, falharia em qualquer tentativa de transmitir uma ideia do caráter exato dos estudos, ou das ocupações, nas quais ele me envolvera ou me guiara pelo caminho. Um idealismo excitante e altamente distorcido lançou um brilho sulfuroso sobre tudo. Seu longo e improvisado canto fúnebre tocará para sempre em meus ouvidos. Entre outras coisas, armazenei dolorosamente na alma certa perversão das notas e a amplificação singular do ar selvagem da última valsa de Von Weber. Das pinturas sobre as quais sua elaborada fantasia pairava, e que crescia, traço a traço, em imprecisões nas quais estremecia-me de forma mais emocionante, pois eu estremecia sem saber o motivo —; dessas pinturas (potentes que até hoje se mostram vigorosas nas pálpebras), eu em vão me esforçaria para induzir mais do que a mera porção que caberia ao alcance de uma ordinária descrição escrita. Pela completa simplicidade, pela nudez dos rascunhos, ele prendia e intimava atenção. Se alguma vez, qualquer mortal pintara uma ideia, esse sujeito fora Roderick Usher. Para mim, pelo menos nas circunstâncias que me afogavam, surgira daquelas íntimas abstrações que o hipocondríaco intentava lançar sobre as telas uma intensidade de intolerável espanto; coisa que eu não sentira nem na contemplação dos devaneios mais certamente brilhantes, contudo, bem concretos, do pintor suíço Henry Fuseli.

Uma das fantasmagóricas criações do meu amigo, longe dos conceitos de abstração, pode ser, embora debilmente, rascunhada em palavras. Foi um pequeno quadro apresentando o interior de uma abóbada, ou túnel, deveras longo, ininterrupto e retangular; de paredes baixas, lisas e brancas, sem aparatos sequer. Certos gatilhos no projeto serviam para transmitir a ideia de que tal escavação estava a uma profundidade excessiva terra abaixo. Nenhuma saída observada no longo trajeto, e nenhuma tocha ou outra fonte artificial de luz era discernível; mesmo assim, uma torrente intensa de raios rolava por tudo e banhava o todo num horripilante e inapropriado esplendor.

Falei eu acerca daquela mórbida condição do nervo auditivo que tornava toda música intolerável para o sofredor, com exceção de certos arranjos dos instrumentos de corda. Foram, talvez, esses estreitos limites nas cordas que confinou o homem assim ao violão e que deram origem, em demasiada medida, ao caráter fantástico das interpretações de Usher. Porém, a fervorosa *facilidade* de seus *improvisos* não podia ser explicada dessa forma. Os improvisos deveriam ser, e foram, nas notas e nas palavras de suas fantasias selvagens (pois não raro fazia ele improvisações verbais rimadas), o resultado daquela intensa serenidade mental e concentração a que anteriormente aludi como observável apenas em momentos particulares de maior excitação artificial. As palavras de uma dessas rapsódias, me recordo bem. Impressionei-me, quem sabe, vigorosamente ao ouvi-la, porque, na profunda camada mística de seu significado, imaginei ter percebido, e foi pela primeira vez, a consciência plena de Usher acerca da instabilidade de sua razão elevada, subjugada pela perda da sanidade. Os versos, nomeados de *O Palácio Assombrado*, discorriam parecidos, se não precisos, deste modo:

I.

No mais verdejantes de nossos vales,
Por bons anjos habitados,
Outrora um belo e majestoso palácio —
Radiante palácio — ergueu seu topo.
No domínio do monarca Pensamento —
Estava lá!
Nenhum serafim jamais abriu as asas
Sobre tão bela construção.

II.

Bandeirolas amarelas, douradas, gloriosas,
Em seu telhado flutuavam e ondulavam
(Isso — tudo isso — foi nos velhos
Tempo de muito antes);
E a cada brisa que se demorava,
Naquele doce dia,
Pelos baluartes emplumados e pálidos,
Um leve odor desprendia.

III.

Andarilhos naquele feliz vale
Por janelas iluminadas viram

Espíritos se movendo musicalmente
Sob o repertório dum afinado alaúde;
Ao redor de um trono, onde sentava-se
(Porfirogênito!)
Em sua condição de condizente glória,
O senhor do reino visto era.

IV.

E com pérolas e rubis brilhantes toda
Era a leal porta do palácio,
Pela qual seguia, seguia, seguia
E cada vez mais brilhantes,
Um bando de Ecos cujo encantador dever
Apenas era cantar,
Em vozes de incomparável beleza,
A sagacidade e sabedoria de vosso rei.

V.

Então vultos maus, no manto do luto,
Atacaram a alta propriedade do monarca;
(Ah, lamentamos, pois jamais o amanhã
Amanhecerá para ele, infeliz!)
E, em derredor de seu lar, a glória
Que enrubescia e florescia
Nada mais que uma vaga história lembrada
De velhos tempos sepultados.

VI.
E viajantes agora no fundo do vale,
Pelas rubras janelas iluminadas espiam
Vastas formas se movendo fantasticamente
A uma discordante melodia;
Enquanto, como um veloz rio espectral,
Através da pálida porta,
Uma multidão horrível corre para sempre,
E gargalha — sem contudo não ri.

Devidamente recordo das sugestões decorrentes da canção, tais que nos levaram por uma linha de pensamento a fim de se manifestar certa opinião de Usher cujo ponto não evoco agora por causa de sua novidade (pois, tantos outros homens da ciência também o pensaram — como o Dr. Percival, Spallanzani e o Bispo de Landaff), mas retomo a ideia por conta da persistência que Usher a manteve. Essa opinião, em formas gerais, era a da competência emocional de todas as formas do reino vegetal. Mas, em sua imaginação fantasiosa, a ideia assumira uma característica ousadíssima e ultrapassou, sob certas condições, por um reino tal desorganizado. Faltam-me palavras para expressar a extensão completa, ou o *abandono* sincero da sua persuasão. A crença, no entanto, foi conectada (como havia eu previsto) com as pedras cinzas da casa dos seus antepassados. As condições desta percepção estavam na arquitetura, imaginou ele, executada no método de colocação das pedras — até na ordem de sua execução, bem como na dos *fungos* que se espalhavam sobre tudo e de árvores podres que permaneciam no entorno — acima de tudo, no vigor prolongado de permanência de toda essa combinação, e no espelhamento invertido na superfície parada do lago. Sua evidência — a evidência desse auspício — devia ser vista, disse ele (e aqui crispei o rosto enquanto ele falava) na condensação gradual, mas certa, de uma atmosfera própria sobre as águas e as paredes. O resultado era detectável, acrescentou, naquela influência silenciosa, mas importuna e terrível que durante séculos moldou os destinos de sua família e que fez *dele* o que eu agora via — o que *ele* era. Essas opiniões dispensam comentários e não farei nenhum.

Nossos livros — os livros que por anos formaram uma porção significativa da existência mental do inválido — estavam, como se poderia supor, em estrita conformidade com seu caráter espectral. Estudamos juntos obras como *Ververt et Chartreuse* de Gresset; o *Belphegor* de Machiavelli; o *Heaven and Hell* de Swedenborg; o *Subterranean Voyage of Nicholas Klimm* de Holberg; os trabalhos de quiromancia de Robert Flud, de Jean D'Indaginé e de De la Chambre; o *Journey into the Blue Distance* de Tieck e o *City of the Sun* de Campanella. Seu volume favorito era o diminuto exemplar em formato *octavo* de um *Directorium Inquisitorium*, de Dominican Eymeric de Gironne; e passagens do geógrafo Pomponius Mela sobre os Velhos Sátiros e Egipãs Africanos, sobre os quais Usher ficava por horas sonhando sentado. Seu principal deleite, entretanto, foi encontrado na leitura dum livro gótico extremamente raro e curioso em formato *in-quarto* — o manual de uma igreja esquecida — *Vigiliæ Mortuorum Secundum Chorum Ecclesiæ Maguntinæ.*

Não pude deixar de pensar no selvagem ritual desta obra e em sua provável influência que teria sobre hipocondríacos, quando, numa noite, tendo me informado abruptamente que Lady Madeline não mais existia, Usher manifestou a intenção de preservar o corpo da irmã por uma quinzena (até antes do sepultamento) em uma das numerosas criptas além das paredes principais da construção. A razão mundana, no entanto, atribuída a este procedimento único foi uma que não me senti na liberdade de contestar. O irmão fora levado a tal resolução (me dissera ele) por consideração do caráter incomum da doença da falecida, de certas perguntas intrusivas e ansiosas por parte de seus médicos e da situação remota e exposta do cemitério da família. Não negarei que, ao me lembrar do semblante sinistro do médico que eu encontrara na escada no dia de minha chegada, não tive nenhum desejo em negar aquela ideia de Usher, a qual considerei, na melhor das hipóteses, apenas uma precaução inofensiva e de forma nenhuma vi algo antinatural.

A pedido de Usher, ajudei-o pessoalmente nos preparativos para o sepultamento temporário. O corpo fora confinado num caixão e nós dois o carregamos para o repouso. A cripta em que o colocamos (a qual estivera fechada por tanto tempo que nossas tochas, meio sufocadas em sua atmosfera opressiva, nos deram pouca oportunidade para investigação) era pequena, úmida e totalmente sem entrada para luz; um buraco deitado sob parte do edifício, em grande profundidade, imediatamente abaixo de onde estava o meu próprio apartamento de dormir. A cripta fora usada, aparentemente, na remota época feudal, para os piores propósitos de uma cela e, nos dias posteriores, como local de depósito de pó ou outra substância combustível, sendo que parte do piso, e todo o interior de um longo arco através do qual chegamos, foram cuidadosamente revestidos de cobre. A porta de ferro maciço também fora protegida de forma similar. Seu exagerado peso causou um incomumente rumor agudo, conforme se movia sobre as dobradiças.

Tendo depositado nosso triste fardo sobre os cavaletes nessa região de horror, nós parcialmente afastamos a tampa do caixão que não havia ainda sido aparafusada e olhamos para o rosto da ocupante. A impressionante semelhança entre os irmãos atraíra meu juízo e Usher, adivinhando, quiçá, meus pensamentos, murmurou algumas palavras com as quais descobri que eram os dois gêmeos e que sempre existiram simpatias de natureza dificilmente inteligível entre eles. Nossos olhares não permaneceram por muito tempo na morta — não podíamos olhá-la indiferentemente. A doença que a havia sepultado no auge de sua juventude fê-la, como de costume nessas enfermidades de gatilhos puramente cataléptico, mostrar-se com a zombaria do sutil rubor peitoral e facial, bem como o persistente e duradouro sorriso nos lábios que é tão terrível na morte. Recolocamos e aparafusamos a tampa e, depois de trancar a porta de ferro, avançamos, com esforço, para os aposentos pouco menos sombrios da parte superior da casa.

Assim, transcorridos dias de amargo luto, uma mudança

perceptível se fez notar no transtorno mental de meu amigo. Seus modos corriqueiros haviam desaparecido. Ocupações triviais foram negligenciadas ou esquecidas. Passou a vagar de câmara em câmara com passos apressados, desiguais e sem objetivos. A palidez do semblante assumira, se possível atestar isso, um matiz mais horrível — contudo, a luminosidade de seus olhos por completo extinguira-se. A rouquidão ocasional de seu tom não fora mais ouvida; e um gaguejar trêmulo, como se de um angustiante terror, tomou lugar da voz. Houve ocasiões, de fato, em que pensei que sua mente incessantemente agitada trabalhava num segredo aflitivo para revelar que ele lutava pela coragem necessária para algum rompante de atitude. Vezes, repetidas, dei por mim se tratar de gracejos caprichosos de sua crescente loucura, pois o vi contemplando o ignoto por longas horas, em uma atitude da mais profunda prudência, como se Usher escutasse alguma umbrática sonância. Não, pois, admiro que seu modo me arrepiava — me infectava. Senti que se apoderavam de mim, rastejantes, porém, nas apalpadelas certas, as influências selvagens de suas próprias superstições fantásticas, e ainda, de fato, impressionantes.

Foi, especialmente, ao me recolher tarde da noite no sétimo ou oitavo dia depois de depositar Lady Madeline no calabouço, que experimentei o total poder de tais comoções. O sono não chegara nem perto do meu aposento — enquanto as horas tiquetaqueavam e tiquetaqueavam. Lutei para destroçar o nervosismo que me abraçava. Esforcei-me para crer que muito, senão tudo o que eu sentia, viera devido à influência desconcertante dos móveis sombrios da sala — das cortinas escuras e esfarrapadas, que, torturadas pelo sopro de uma tempestade crescente, balançavam irregularmente para frente e para trás, e farfalhavam inquietamente sobre o adorno da cama. Mas meus esforços foram infrutíferos. Um tremor irrepreensível gradualmente impregnou a minha estrutura; e, por fim, pousou sobre meu coração um alarmante nó a princípio sem justificativa. Desfazendo-o com um suspirante crispar, ergui-me sobre os travesseiros e, espiando prudentemente para a escuridão intensa do meu quarto, ouvi — não sei por que assim agi, exceto, pois, que não um espírito instintivo me incitou — certos diminutos sons que vinham, indefinidos, através das pausas da tempestade, em morosos intervalos, os quais eu não soube donde. Submisso a um intenso horror, inexplicável e insuportável, me vesti com pressa (pois senti que não devia mais dormir naquela noite) e esforcei-me para despertar da submissão ao gelo do medo, andando rapidamente de um lado para o outro do quarto.

Eu dera apenas algumas voltas dessa maneira, quando leves passos na escada adjacente chamaram minha atenção. Logo soube que era Usher. Em um instante mais tarde batera ele com gentileza à minha porta e entrou trazendo uma lamparina. Seu semblante estava como o habitual, um espantalho cadavérico — mas, além disso, havia aquela risível insanidade no olhar — uma *histeria* evidentemente contida no manejo corporal. Seu ar me aterrou — ademais, qualquer coisa era preferível à solidão que eu havia suportado, e até recebi sua presença como um alívio.

"E você ainda não viu?", disse ele abruptamente, depois de

ter olhado em volta por um momento em silêncio. "Você ainda não viu? Mas, fique! Você deve." Assim falando, e tendo cuidadosamente sombreado a lamparina, correu até uma das janelas e a abriu livremente para a tempestade.

A fúria impetuosa de uma rajada entrou e quase nos levantou de nossos pés. Foi, de fato, uma noite tempestuosa, mas severamente bela, e extremamente singular em seu terror e beleza. Parece que um turbilhão de vento tinha reunido sua força em nossa vicinalidade, porque houve alterações frequentes e violentas na direção do ar; aquela densidade excessiva de nuvens (pendentes baixíssimas a ponto de pressionar as torres da casa) não nos nublou à uma visão realista com que se deslocavam, voando a galopes oriundos de todos os pontos para chocarem-se umas nas outras, sem desaparecer na distância. Eu digo que mesmo essa densidade excessiva não nos impediu de perceber o céu — embora não termos tido vislumbre da lua ou das estrelas, nem houve sequer um clarão de relâmpago. Mas a superfície inferior das enormes massas de vapor em revolução, bem como objetos terrestres ali junto a nós, estava brilhando com certa luz antinatural duma febril exalação gasosa, luminosa e distintamente visível, que pendia da mansão e a encapuzava.

"Você não deve", estremeci, "você não deve ver isso!", disse eu a Usher, enquanto o direcionava, com uma gentil violência, da janela para um assento. "Essas aparências, que o confundem, são meramente fenômenos elétricos não incomuns — ou pode ser que tenham a horrível origem do miasma estridente do lago. Vamos fechar a janela; o ar é frio e perigoso para o seu corpo.

Aqui está um de seus romances favoritos. Vou ler e você vai ouvir; assim vamos passar juntos o torvo dessa noite."

O antigo volume o qual eu havia pego era o *Mad Trist*, de Sir Launcelot Canning; e chamei-o de o favorito de Usher mais como um infeliz motejo do que a sério; pois, na verdade, há pouco naquele livro com seu rude e prolixo texto sem imaginação que pudesse interessar ao devaneio elevado e espiritual de meu amigo. Foi, no entanto, o único livro imediatamente disponível; e tive uma vaga esperança de que a excitação que agora agitava o hipocondríaco, poderia encontrar alívio (pois a história de transtorno mental está repleta de anomalias semelhantes) até mesmo no extremo da loucura que eu iria ler. Poderia eu ter julgado — de fato, pelo ar selvagem e excessivamente tenso de vivacidade com que ele ouviu, ou aparentemente ouviu, as palavras da história — como positivo, e muito bem ter me parabenizado pelo sucesso de meu projeto.

Li até aquela parte bem conhecida da história em que Ethelred, o herói do *Mad Trist*, tendo procurado infrutífero uma admissão pacífica na morada do eremita, procede para fazer uma boa entrada à força. Aqui, será lembrado, as palavras da narrativa correm assim:

"E Ethelred, que era por natureza de coração valente, e que agora era poderoso também, por causa da força do vinho que havia bebido, não esperou mais para negociar com o eremita, que, na verdade, era de uma virada obstinada e maliciosa, mas, sentindo a chuva nos ombros, e temendo o aumento da tempestade, ergueu sua maça imediatamente e, com golpes, abriu espaço nas tábuas da porta para sua mão enluvada e, agora puxando com força, rachou, rasgou e rasgou tudo em pedaços, até o barulho da madeira seca e oca dar o alarme e reverberar por toda a floresta."

No final da frase sobressaltei-me, e por um momento parei, pois me pareceu (embora eu logo tenha concluído que minha fantasia excitada enganara-me) — me pareceu que, de alguma parte remota da mansão, veio, indistintamente, aos meus ouvidos, o que poderia ter sido, em sua exata semelhança de definição, o eco (mas abafado e monótono, certamente) do próprio som de rachaduras e estalos que Sir Launcelot descrevera tão particularmente no trecho do livro. Foi, sem dúvida, apenas a coincidência que prendeu minha atenção, pois, em meio ao barulho das janelas e aos comuns ruídos misturados da tempestade ainda crescente, o som, em si, não tinha nada, de fato, que pudesse me interessar ou perturbar. Continuei a história:

"Mas o valente herói Ethelred, agora entrando pela porta, estava extremamente enfurecido e surpreso por não perceber nenhum sinal do maléfico eremita, mas, em seu lugar, um dragão de comportamento escamoso e prodigioso e de língua ígnea, que se sentava em guarda diante de um palácio de ouro, com um piso de prata, e na parede pendia um escudo de latão brilhante com esta legenda escrita:

Quem entras pelo vão, o conquistador foi;
Quem matas o dragão, o escudo a si foi.

E Ethelred ergueu sua maça para golpear a cabeça do dragão, que caiu diante dele soprando seu hálito de peste com um grito tão horrível e áspero, que de tão agudo, fez Ethelred proteger os ouvidos com as mãos para fugir do medonho timbre, do tipo um tanto nunca ouvido antes."

Aqui novamente fiz uma abrupta pausa, e, pois, com um sentimento de espanto selvagem, certo de não haver nenhuma dúvida de que, naquele ponto, eu realmente ouvira (apesar de qual direção procedeu eu achei impossível dizer) um ruído baixo e aparentemente distante, mas áspero, prolongado e incomum de grito ou rangido — fora a exata contrapartida do que minha fantasia tinha conjurado para o grito do dragão, abstraído das palavras do romancista.

Aflito, como certamente me encontrava pela ocorrência dessa segunda e mais extraordinária coincidência sonora, por mil sensações conflitantes, nas quais o espanto e o terror extremo eram predominantes, eu ainda mantive presença de espírito suficiente para evitar excitar, por qualquer observação, o nervosismo sensível de meu companheiro. Eu não tinha certeza de que ele havia notado os sons em questão; embora, seguramente, uma estranha alteração tivesse ocorrido nos últimos minutos em seu comportamento. De uma posição em frente à minha, ele gradualmente trouxe sua cadeira, de modo a se sentar com o rosto voltado para a porta do cômodo, e assim pude perceber apenas parcialmente suas feições, embora visse que seus lábios tremiam como se ele murmurasse de forma inaudível. Sua cabeça caiu sobre o peito — eu sabia que ele não estava adormecido pela ampla e rígida abertura do olho quando o relanceei. O movimento de seu corpo também estava em desacordo com a ideia de sono — ele balançava de um lado para o outro num arco suave, porém constante e uniforme. Tendo rapidamente percebido tudo isso, retomei a narrativa de Sir Launcelot, que assim procedeu:

"E agora, o herói, tendo escapado da terrível fúria do dragão, mirou o escudo de bronze preso na parede, cujo encantamento sobre si havia sido quebrado, então removeu a carcaça da fera do caminho e aproximou-se corajosamente do piso prateado, e o escudo não esperou até a chegada completa do campeão, e assim caiu a seus pés com um poderoso ribombar, audível e terrível."

No mesmo instante em que essas sílabas passaram por meus lábios — como se um escudo de latão tivesse de fato, no momento, caído sobre um piso de prata, tomei consciência de uma reverberação distinta, oca, metálica e estridente, mas aparentemente abafada. Completamente enervado, pulei, mas o movimento de balanço que Usher fazia não fora perturbado. Corri para a cadeira em que ele estava sentado. Seus olhos estavam fixos à frente e em todo o seu semblante reinava uma rigidez de pedra. Coloquei minhas mãos em seu ombro, veio um forte estremecimento por todo ele, um sorriso doentio tremeu em seus lábios, e vi que ele falou num murmúrio apressado e confuso como se estivesse inconsciente de minha presença. Curvando-me sobre ele, finalmente absorvi o significado horrível de suas palavras:

"Não ouviu isso? — sim, *eu ouço*, e eu tinha ouvido. Muitos, muitos, muitos, muitos minutos, muitas horas, muitos dias, eu já ouvi — mas não ousei — oh, tenha pena de mim, miserável, miserável que sou! — Não ousei — Não ousei falar! Nós a colocamos viva na tumba! Não disse que meus sentidos eram aguçados? Eu agora lhe digo que ouvi seus primeiros movimentos débeis no caixão. Eu os ouvi — muitos, muitos dias atrás — mas não ousei — não ousei falar! E agora — esta noite — Ethelred — ha! ha! — a quebra da porta do eremita e o grito de morte do dragão e o clangor do escudo! — digamos, antes, o rasgo de seu caixão, o ranger das dobradiças de ferro de sua prisão e suas lutas dentro do arco de cobre da abóbada! Oh, para onde devo voar? Ela não estará aqui agora? Ela não está com ânsia de me repreender por minha pressa? Não ouvi seus passos na escada? Não consigo distinguir aquela batida pesada e horrível do seu coração? Louco!"

Aqui ele se levantou furiosamente e gritou suas sílabas, como se no esforço que ele estivesse entregando sua alma.

"Louco! Eu digo a você que ela agora está de pé na porta!"

Como se a energia sobre-humana de sua declaração houvesse sido encontrada a potência de um encantamento — os enormes painéis antigos para os quais o orador apontava, jogaram-se lentamente para trás, no mesmo instante, suas pesadas mandíbulas de ébano. Foi o trabalho de uma rajada de vento — mas, então, sem aquelas coberturas, estava a figura elevada e envolvida de Lady Madeline de Usher. Havia sangue em sua túnica branca, e a evidência de uma amarga luta em cada parte do corpo emaciado. Por um momento ela permaneceu tremendo e cambaleando para frente e para trás na soleira — então, com um gemido baixo, caiu pesadamente sobre seu irmão e, em suas agonias de morte violentas e agora finais, derrubou-o no chão como um cadáver e uma vítima dos horrores que ele previra.

Daquele cômodo e daquela mansão, fugi horrorizado. A tempestade ainda estava em toda a sua fúria enquanto eu me encontrava cruzando o antigo passadiço. De repente, apareceu ao longo do caminho uma luz selvagem, e me virei para ver de onde poderia ter surgido um brilho tão incomum; pois a vasta casa e suas sombras estavam sozinhas atrás de mim. O brilho era da lua cheia, poente e vermelho-sangue, que agora brilhava vividamente através daquela fissura uma vez mal discernível, da qual já falei como se estendendo do telhado do edifício, em uma direção de ziguezague até a base. Enquanto eu olhava, a fissura se alargou rapidamente — veio um forte sopro do redemoinho — toda a órbita do satélite explodiu de uma só vez à minha vista — meu cérebro cambaleou quando vi as poderosas paredes se separando — ouviu-se um grito longo e tumultuoso como a voz de mil águas — e o lago profundo e úmido a meus pés fechou-se taciturno e silenciosamente sobre os destroços da "Casa de Usher".

As Ruínas da Casa de Usher
(Bruno Godoi, 2021)

1879 — Há quatro décadas eu havia recebido a carta-isca de Roderick Usher, meu antigo amigo de infância, dizendo que passava por uma grave crise e que minha presença lhe era por muito estimada. Sem poder negar tão humilde convite de me fazer ter a companhia de meu contemporâneo, pus-me a caminho da soturna Casa de Usher, da qual pouca lembrança, naquele tempo, resgatara eu de memória. Veja! Já, lá, eu tive o impulso de tratar um enfermo; seria talvez o primeiro passo para a minha vocação de médico? Mas, teve a contraparte. Teve a alma gêmea. Teve a irmã. A moçoila enterrada viva.

As Ruínas da Casa de Usher

DURANTE todo um enfadonho, escuro e silencioso período desde que fugi da Casa de Usher, há 40 anos, sinto as nuvens da solidão baixas, passeando por sobre minha mente como ideias lúgubres que causariam sombras na mais escura noite avançada; e foi do meio desse vapor de sentimentos que encontrei-me, novamente, de alma, diante à sorumbática visão da Casa de Usher. Esse encontro com minh'alma veio num plano íntimo que eu mesmo risquei nas pálpebras, como grafite sobre papel, uma atitude teórica, mas com impulsos concretos para a sua auto realização: "Você já pensou em se matar?". Essa questão impregnou-se no trono de minha mais elevada razão, criando suas palavras fantasmagóricas em cada piscadela que eu sequer dava. "Você já pensou em se matar?"

A resposta para essa medonha mensagem mental vinha sempre de pronto em meus pensamentos. "Não, eu nunca pensei em me matar." Porém, neste momento estou me matando; fui golpeado pela insensatez de se pensar tanto na possibilidade de um fato até que, ei-lo, o fato, concretizado devido as minhas próprias atitudes — mecanismo que passarei a nomear de "profecia da autorrealização". Hipocondríaco, eu me tornara? Um hipocondríaco da alma? Pois, veja! Estou me matando, e aqui no bolso do meu traje vai uma carta; não a carta com papeis de despedida de um suicida, mas uma papelada que mais se aproxima da maquiavélica ordem para o autoextermínio em si, pois está escrito, sucintamente:

"Mate-se!"

De toda forma, nunca me passara, sequer, pela cabeça voltar à ruína da Casa de Usher, retornar ao lago nas montanhas, ao vale escavado nas íngremes escarpas feito gargantas de uma rocha plúmbea. Seja por qualquer motivo — quarenta anos depois e pisar novamente nesse trato triste de terra do nosso país? Ou, ainda, cabalístico e impressionante: voltar à Casa de Usher para me matar? Eu, justo eu, um letrado na incipiente ciência da mente? Eu que há anos vinha tratando suicidas em potencial, afastando desses desafortunados qualquer semente de autoextermínio que possa se mostrar granular em tão gélidas e soturnas almas? É irônico demais eu me matar.

Era tanta melancolia (esse tormento, a mãe da tristeza reinante na doença de um estado mental em ruínas) presenciada nos meus pacientes que poderia me fazer querer morrer junto a eles. Mas nunca me entreguei à sombra, nunca pensei em tirar a vida de alguém — muito menos a minha. Sempre julguei como loucos os que iam pelo caminho do autoextermínio. Loucos! Bem como foi Usher e Madeline, a loucura de berço, uma insensatez gêmea.

Nesses quarenta anos, deparei-me com gente deslumbrada vivendo uma novela fantástica íntima que, depois de postos de volta à realidade pelos inúmeros métodos científicos dos quais me mostrei mestre no ofício d'alma, eram atacadas por um indissolúvel sentimento da tristeza; sentimento que se apoderava também em menor grau (e de forma controlada) de meu espírito. E em todas as noites que eu me punha para repousar, sabia eu, que esse puro poder de tristeza reinou em absoluto naquelas últimas semanas as quais passei em companhia de Usher e sua injustiçada irmã morta viva. Aquilo foi o grão-ducado da sordidez, o rei da dor, a tristeza absoluta e limpa. O fosso de uma alma.

Corri! Corri! Fugi da casa, mas esse fosso de profunda infelicidade veio comigo, pois foi dentre os infelizes que fiz minhas próximas quatro décadas. Era como se eu plantasse em mim a tristeza que por duradouras sessões ceifava dos meus pacientes em toda a minha carreira de médico. E, entre todos eles, constante era a permanência da mãe da moléstia. A constante melancolia. Digo, sem meias palavras, que os loucos carregam em si o natural estado de desolação ao se verem sozinhos na labuta a todos nós imposta: o viver. A todos nós, sem exceção. Então, por que não podemos nos matar? Esteve Usher querendo se matar ao enterrar viva a metade gêmea de si? Seria Usher um visionário no quesito reino da razão? Ou, porventura seriam, esses tais loucos entre nós, os fiéis felizes em mundos imaginários? Cavaleiros andantes enfrentando dragões e eremitas? Buscando escudos mágicos para, em si, se abrigarem do mundo?

Quanto amargor nos meus pacientes via eu ao trazê-los de

volta: era sempre o triste retorno ao cotidiano, o fim do torpor e o terrível descair de um véu erguido em irracionalidade que afoga a mais racional mente. Sim, viver na não razão é, e será, sempre o melhor remédio. Mas, ingênuo fui eu — e culpado fui pelos gritos de Madeline e culpado pelas suas unhas destruídas ao desterrar-se e culpado pelo semblante do mais agudo sofrimento que aquela jovem demonstrou ao cair sobre o irmão antes de ambos desfalecerem — Oh! Muito, muito, muito, muitos dias e muitas horas, muitos anos e ainda choro de arrependimento.

Assim, nos anos após Usher, e com boa fé, me pus de alma e vigor nos projetos medicinais ofertados a mim, destacando o meu nome no ofício de tal forma que a fama fazia vir até mim pacientes e mais pacientes, ricos e pobres; e todos, na mesma medida, infelizes e suplicantes. E eu? Com a medicina e seus iniciais estudos da psiquiatria (pululando pelo fim do século), era paz o que eu tentava lhes transmitir; jamais me abatera, nunca demonstrei uma rusga de tristeza, até mesmo nos meus cinzentos momentos de rememorar a face rosada da jovem Madeleine no caixão — Não! Jamais alguém soube de meus pecados e temores, pois usei de escudo a profissão de médico, erguida por mim num segredo de bronze, tão sombrio quanto o véu da noite que agora paira sobre o lago da antiga Casa de Usher. O segredo! Meu escudo! Madeleine, enterrada viva. Viva!

Viva feito este lago preto que está envolvendo meu tronco numa massa fria, pegajosa e lodosa de tristeza úmida que me abraça com a ternura materna. Uma mãe com longos membros, perseguindo-me por onde eu vá. E vim — voltei — para este canto remoto do condado, vim me unir ao lago nas montanhas, bem diante onde, quarenta anos atrás, emergia as janelas com olhos da casa do meu amigo, e sua irmã. Só há uma forma de me livrar das lembranças que em mim Usher plantou — Morte.

A medicina e livros e enciclopédias e grimórios em nada aplacaram o meu espírito, porque agora me é certo, a despeito de toda dedicação, que busquei na ciência a cura para a minh'alma. Não meus pacientes! Mas era eu o objeto de tratamento! Em cada sessão! E falhei, errei tanto que vou me matar.

Quando crianças, apesar de Usher e eu termos sido íntimos companheiros, pouco o conheci. Um sujeito de excessiva reserva habitual, duma família antiga e detentora de notáveis obras de arte, e, acima de tudo, proficiente na ciência musical, fato comprovado pela perícia calculada de Usher ao usar seus instrumentos de cordas. Sua música fazia com que vibrasse as colunas da casa, aquele monstro gelado de tijolos que flutuava na encosta ali por sobre o lago, descarregando sua imagem invertida aqui na água feito o mais bestial sorriso dum demônio que se arruma ao espelho.

A mansão erguida com colunas (seriam ossos?) que brotavam à margem da encosta. Acima deste mesmo lago que me devora com mordidas úmidas, centímetro a centímetro, percorrendo o meu tronco num labor semelhante ao fungo subindo por seus pilares de concreto. Disse Usher que todas as coisas vegetais têm sentimentos. Será, na mesma medida, que certas coisas vegetais sabem que causam o medo, sabem que plantam o pavor? Tudo é, portanto, obra duma rainha que governa alto sobre o trono da razão? Loucura, a Rainha de um palácio assombrado.

Assombrado, passei anos; passei períodos de noites assombradas; ao ponto de não saber onde buscar respostas para silenciar a culpa que eu refletia no olhar em qualquer superfície que pudesse espelhar minha cadavérica expressão de existir — até um dia que, por Deus e os anjos, estava eu aberto de coração empático para um paciente meu, quando esse triste rapaz disse-me sobre a alegria do estado excitado pelo ópio. De como ele se elevava a campos duma alegria completa, mesmo que fugaz — tudo pelo uso das coisas preparadas com ingredientes vegetais. "É um bálsamo de folhas, raízes e fumo." Eis de novo a sensibilidade das coisas vegetais. Estaria aquele meu paciente trazendo para mim uma isca? Uma isca em que devia eu me aferrolhar. Então respondi não entender o que ele falava. E eis que respondeu-me, ele: "Para entender um homem, você deve entender seus vícios".

Ah! — A isca!

Fora assim que compreendi como entender Usher. Sim. Entendendo os vícios de meu finado amigo, seus gostos e paixões. Corri para a biblioteca da cidade e pedi todos os livros que me recordava de cabeça; nesse tempo, havia se passado quase duas décadas desde a queda da Casa de Usher. Como bibliófago que foi, muitas das peculiaridades de Roderick vieram de seus livros, de sua extensa biblioteca pessoal, de suas obras de arte e de sua música, e de seu canto ritmado ao violão.

Cantar e tocar eu não podia, pois me faltava a habilidade para sequer segurar uma viola. Meu cérebro — afinado como estava para as letras e papiros — foi assim a solução: refazer a estante pessoal de Roderick Usher. Na biblioteca da cidade, vagando de pilha em pilha, fui reunindo o que lembrava dos livros mais queridos por ele. Aqueles volumes que certa vez passamos dias e dias lendo juntos. Lembrei-me que seu volume favorito era o diminuto exemplar em formato *octavo* de um *Directorium Inquisitorium*, de Dominican Eymeric de Gironne; e ainda, passagens do geógrafo Pomponius Mela sobre os Velhos Sátiros e Egipãs Africanos, sobre os quais Usher ficava por horas sonhando sentado.

Comecei por aquele livrinho em formato *octavo*, pois, como era o seu preferido, seria mais inteligente ir por ele: o *Directorium Inquisitorium*. E numa folheada soube eu o que motivara meu amigo a ter predileção por esse. Ele era, à grossa explanação, um manual para se usar como Inquisidor, um texto carregado duma maldade deliberada, em que seu autor teorizou e decodificou o que sua razão elevada apontava como a *bruxaria*; além, o maldoso inquisidor descreveu os meios para descobrir as *bruxas* e eliminá-las. Lendo e estudando a mente desse *inquisidor*, ora, um texto, por mais séculos que tenha, faz com que a mente do leitor seja, de uma forma, sem ciência, ser amalgamada com a mente do autor; assim, pude entender e até, por Deus, até concordar em certos pontos com o autor, Dominican Eymeric de Gironne, mais tarde chamado de o Inquisidor de Aragão, no ano 1356. Será esse o efeito fantasioso da leitura do *Directorium Inquisitorium*? Teria Usher abstraído a vã visão de se ter em sua casa, ao seu lado, na figura da irmã gêmea, a personificação de uma bruxa no ramo da família? Então meu amigo assassinara a irmã, pois estava praticando as instruções do inquisidor. Oh, almas!

Creio agora que Lady Madeleine e Roderick eram ferrenhos leitores de tais textos, ora, se vinham de uma família antiga, detentora de bibliotecas escondidas e arte sacras (e uma imenso prestígio, na mesma medida, pela arte do profano), bem como cientes da condição insalubre do sangue corrente em suas veias; ambos teriam buscado na magia oculta a cura para a podridão do ramo de Usher. Agora, sim, agora — posso apontar que eu identificara naquele meu tempo na casa, pontos de incestuosa relação entre os gêmeos — sim! — havia algo nos pormenores da história familiar, algo na mansão, no silêncio cambaleante dos empregados, e até na figura abjeta do médico que me recebera no meu primeiro dia. Todos coniventes eram com a relação consanguínea dos gêmeos espelhados. E estaria no tronco dos inquisidores, com textos de magia e feitiçaria, a dissolução da praga do sangue. O fungo na alma dos gêmeos. O amor impróprio que esmaga almas.

Li e reli as práticas mágicas proibidas no *Directorium Inquisitorium*, e refletindo sobre a história da família e o aspecto da casa da família, claro foi apontar que os Usher praticavam há muito tais práticas ocultas. As fantasmagóricas névoas recorrentes no arredor da construção; a luz vinda de lugar de nenhum, mas que a tudo iluminava; os fungos com consciência própria, como se esses minúsculos espécimes vegetais ousassem a ter a capacidade de zombar do gozo proibido que nas câmaras da casa eram desfrutados. Esses textos, pois nada poéticos, das práticas inquisidoras, discorrem desde o batismo de imagens, fumigar a cabeça de um morto, incinerar animais, falar com espíritos e mais uma leva de ritos quiromânticos; porém, nada falam, ou nada encontrei, sobre enterrar pessoas vivas. O autor do *Directorium Inquisitorium* descreve, ainda, maneiras de extrair uma confissão de alguém ciente das capacidades sentimentais; ora, a dor, para o torturado, é o estado elevadíssimo de todos os sentidos — sentir, sentir e sentir o agravo que a si injetam —, o que inclui formas rudimentares de destruição psicológica, e mesmo assim, o autor alega que "a tortura pode ser enganosa e ineficaz", pois que, a mesma flerta com a dor, e com a eliminação rápida dessa dor. Teria querido Usher enterrar a irmã viva por quinze dias em um deliberado ato de tortura? Quinze endiabrados dias venceriam qualquer sanidade para o lado da completa submissão. Roderick, estudado como era, não trabalharia com a possibilidade de a irmã se valer de uma leviana expressão de desconforto para ficar livre de uma tortura declarando quaisquer termos que Usher desejasse extrair. Não! Ele esperaria quinze dias. Quinze da mais completa forma de dor: o enterro de um ser vivo.

Depois do *Directorium*, passei a estudar as passagens do geógrafo latim Pomponius Mela, as quais Usher divagava e divagava, sentado, de olhos abertos para o nada, ruminando um amontoado de fantásticas ideias na mente. Tinha que existir algo nessas passagens que, se incumbiam em Usher algo anormal, poderiam ter o mesmo efeito em mim. Então corri atrás de materiais do geógrafo Mela e feito isso, isolei-me no gabinete de estudo em minha casa. Pomponius Mela e o *Directorium Inquisitorium* seriam os modos de alcançar Usher e Madeleine em suas peculiaridades. Passeia a estudar e a ler e a rememorar aquele conteúdo; do original em latim de Pomponius Mela, tirei algumas traduções que memorizei assim, sobre os Velhos Sátiros e Egipãs Africanos:

"A tribo africana chamada Sátiro nada tem de homem, exceto a forma. A aparência dos Agipãs é a própria das criaturas mitológicas que lhes deram o nome. Estendem-se solitários em campos, não há nenhum sinal de troca de sentimento humano entre eles, não habitam casas; vivem numa solidão incomensurável durante o dia e também num grande silêncio; embora, à noite, fogueiras se acendem, tambores e pratos são tocados, e tocam flautas, tecendo o som numa música além do que se pode chamar de humana."

Musicalidade e canções; tirei daí uma certeza: a abstração sonora que vinha nos rompantes de improviso de Usher ao violão, vieram de suas viagens mentais por essas tribos dos Sátiros e Agipãs — e viera do *Directorium* sua caída para as coisas além do reino natural. A promiscuidade e o elevado apelo ao formato fálico vindos dos mitos sobre os sátiros e seu apetite sexual elevado; as formas de tortura e fórmulas químicas para se trabalhar coisas vegetais vindas do manual do inquisidor! De certo, tal aprofundamento nesses assuntos deixaria também a mim, já à época fraco da sanidade, em estado ainda mais insano, por isso abandonei o experimento de refazer os estudos de Usher e abandonei os livros no fundo de minha estante. Prometi nunca mais me debruçar sobre sequer uma folha que, um dia, pôde ter influenciado aquela família maldita.

Porém, ontem, quarenta anos depois da noite da destruição da casa pela tempestade, fui, movido por uma ação sonâmbula, remexer no meu gabinete de estudos. Deixei minha cama à alta madrugada, andei por meu apartamento, destranquei meu gabinete e fui para a pilha de duas décadas de livros parados. Duas décadas! Livros empoeirados e cobertos por polegadas de poeira, tão chafurdados no esquecimento que nunca, jamais, em momento algum seria eu capaz de revirá-los por iniciativa própria. Houve algo me guinado — ouso pensar assim? —, algo me instigando. Minhas recorrentes manobras de sonolência, essa penosa moléstia do sonambulismo; algo dos meus sonhos — pesadelos! — guiou-me até a estante. Ontem. Tudo isso eu sei, aponto meus passos de sonâmbulo, de certa forma, pois, ao amanhecer, minha criada de arrumação chegara em meu apartamento para me sacudir no divã do gabinete. Ficou claro, assim que despertei num susto, que fora eu quem abrira a porta e mexera nos livros — moro só, há dez anos, não tenho mulher, nem filhos. Solitário, um médico abandonado em seu apartamento, sendo a criada a minha única visita diária, além dos pacientes que atendo no andar térreo do mesmo edifício em que vivo.

Diante os olhos arregalados da criada, diante meu semblante de uma noite mal dormida, e diante a meus pés, eis que de dentro do *Directorium Inquisitorium* cai um envelope lacrado. Lacrado e datado de 1839. Uma carta direcionada a minha pessoa, exatamente do ano 1839, o ano em que caíra a Casa de Usher.

Dispensei a criada com um aceno trepidante e corri para meu quarto. Tirei o lacre e abri o envelope, li apenas a primeira sentença:

"Mate-se!"

Vi que havia uma assinatura do redator daquele texto; mas não ousei a ler. Guardei a carta de volta ao envelope e, um dia depois, aqui estou, diante das ruínas da casa. Cruzei o estado, vagueei sozinho até aqui, até o lago escondido nas montanhas. Até esses precipícios que outrora serviram de base para a família de meu amigo.

Posso ver ainda, em detalhes no fundo da mente, a estrutura da propriedade. Ali. Bem ali, sobre as rochas plúmbeas, ali está a ruína da construção. Vejo tijolos amaldiçoados erguidos (seria um sortilégio pensar em mãos demoníacas erguendo as peças?) na antiga propriedade daquela família tão cinzenta quanto o abismo. Usher dizia que havia algo no lago e na disposição dos tijolos que lhe traziam a semente do medo. Talvez, na época, eu o julgasse por um "caminhante em direção à loucura", mas agora sinto ser verdade. É o lago. São os tijolos. É algo das nuvens. A lembrança da casa. A ruína da construção. Os livros. A música. Os mitos. O simples lampejo da menção ao nome. A Casa de Usher — Medo.

A herança da malfadada família pode ser resumida numa infelicidade incipiente que tarda a lhe sugar para a fossa profunda. Um peso que vai afundá-lo no próprio autoextermínio e lhe entregar a mãe de nós todos: a melancolia mais íntima e silenciosa que você carrega consigo. O pavor de cair numa depressão funda, uma abóbada e uma prisão, tal o lugar onde Madeleine viu-se a despertar no caixão. É assim que a tristeza faz, ela te enterra vivo no calabouço de sua razão. Enterra vivo! Vivo!

Estou me matando.

Caminho mais a fundo no lago. Não sinto a planta dos pés. Estou uno com o fundo seboso desta água de piche. Nefasta foi a carta de Usher, uma isca que capturara-me há quarenta anos; e ontem, a segunda carta, não sei de quem, que me fez retornar feito um peixinho para se afogar nessas águas. Quatro décadas e a desgraça do peso da consciência em nada diminuiu. Quis Usher que eu ficasse consigo em seus últimos momentos; dizia, nas laudas da sua carta a mim escrita que passava por uma enfermidade que medicina alguma podia lidar. Um mal de família, herança de seu sangue. Que lástima para eles. Tanta riqueza em um lugar tão pobre em alegrias por onde viveu aquela gente dos Usher.

Havia um precipício disforme ali, ao lado da casa, que descia até o lago; era um trecho formando um passadiço na mais fiel representação dum estreito para o inferno. Aquele caminho agourento, uma língua preta deitando sobre as águas refulgentes deste lamaçal de lástimas. Este cruel espelho do cinismo: o Lago de Usher. Foi pelo passadiço que fugi da presença de

Lady Madeleine, até ver a lua suar em sangue e vozes de mil tons preencherem o ambiente; então, tudo explodiu numa luz vermelha que turva meus olhos até hoje. Foram relâmpagos o que dizimou a casa? Foi o redemoinho de vento que se formou? Foi a chuva forte? Ou foi aquela rachadura na fachada, somada a alguma forma antinatural luminosa que desceu para rachar de vez a mansão — separando assim os dois gêmeos de uma vez por todas?

Ah, mesmo eu dormindo, a sinistra vermelhidão daquela noite chuvosa cega meu espírito, por isso — sim! — por isso comecei a ter os ataques de sonambulismo; minha mente não queria me deixar descansar...

Ali. Bem ali. Posso apontar onde seriam os arredores da propriedade. Ali pairava uma atmosfera espectral, própria do lugar e de seus senhores, que não se relacionava com nosso mundo como o ar do céu. Era a atmosfera dos Usher emanando das árvores apodrecidas. Um vapor místico, verde, pegajoso à pele, vindo, certamente, da mais antiga vilania reinante em nosso planeta (seria de uma entidade antiga ou a alquimia do profano?). Seria uma consciência oriunda de um panteão de lendas e maldade que pelo tapete da tortura dos inquisidores caminhou até nós?

Lá, bem do alto, descia a fenda em ziguezague riscando a frente da casa desde o telhado. A rachadura que poucos viam; um trinco na sobriedade do lugar. Daquela fenda, vi a lua se transmutar num iceberg de gritos para então desabar na mortalha vermelha sobre a mansão, destruindo tudo, matando a todos, animais e operários da casa. Enterrando Usher e Madeleine. Eu vi. Foi real. Uma loucura que minha alma abraçou por quarenta anos. Não consegui me livrar disso, pois aqui estou a me pôr novamente dentro da mansão, a despeito de usar meios abstratos para "estar" lá dentro — não declaro ser menos danoso caso fosse real esse devaneio; uma vez que mais perigosos são os cenários criados na mente do que as afiadas farpas reais por um caminho a pé. Lembro-me do arco gótico do vestíbulo da casa, um monstro engolindo almas que por baixo de si adentravam sem nem sequer erguer os olhos para as vigas trabalhadas, cheias de gregas e arabescos. O interior da mansão, repleto de passagens escuras e tortuosas, entalhes do forro, as sombrias tapeçarias das paredes, o negrume de ébano do assoalho e as fantasmagóricas armaduras que retiniam quando eu passava. Tudo fora erguido para esmagar qualquer mostra de pensamento de seus habitantes. Um palácio assombrado para o reinado dessa inteligência involuntária da loucura, representada por um ambiente submerso, fundo, guardado por metal e rocha onde se instiga o pior do sentimento a um humano: enterrado vivo.

Meu anfitrião havia me alojado num quarto, entre tantos na casa, justamente aquele. Um cômodo sobre o tal ambiente escavado a fundo nos alicerces. Escuro, sem aberturas, forrado de cobre. Uma tumba para o mais agressivo dragão capaz de coabitar as excentricidades do mais sagaz escritor. Lá a família infeliz preservava seu legado: uma antecâmara para a catalepsia. Ali em cima fiquei eu — no quarto. Madeleine, que na época vi apenas em relance, chegou a falecer dias depois de minha chegada, disse-me Usher. Ele, ao invés de seguir nos ritos fúnebres, despojou o cadáver da irmã nesse túnel. Torturantes foram os dias que se passaram, pois Madeleine, viva, não morta (enterrada viva!), havia lutado para se livrar do claustro.

A enferma cataléptica havia brigado contra o caixão, vendo-se emoldurada pelo cobre do ambiente, confinada num estado frio do mais perfeito medo instaurado: o de ser enterrada viva. Ela se pôs em fuga, de alguma forma se libertou e veio reclamar de Usher tamanha injúria; talvez o dragão de Ethelred a tenha ajudado. A tudo isso fui testemunha ocular, inerte, sem forças para indagar a Usher sobre os ruídos e queixas que abaixo do meu quarto vinham. Fomos todos nós da casa cúmplices no brutal crime contra Madeleine.

Agora aqui estou com uma carta no bolso que começa com "Mate-se!" e prossegue com os dizeres: "A você que me viu morrer sem nada fazer, receba o sentimento que em mim fora plantado". E uma assinatura que não me atrevi a olhar. Essas palavras causaram em mim certa perplexidade que me pus novamente a caminho para cá. Covarde e medroso, uma testemunha infantil. É assim que agora me vejo. Terei coragem para ler a assinatura antes de me matar? É possível Madeleine ainda viver e ter me enviado tal texto? Ou será ação de algum paciente insatisfeito com meus serviços? Não! Não pode, a carta estava lacrada, dentro de um livro que eu retirei da biblioteca da cidade há vinte anos, e estava lacrada. Uma carta há vinte anos lacrada dentro de um livro no fundo do meu gabinete?

Estou com a carta, e o lago, e as lembranças. As lembranças

da família. Em verdade digo que a música que Usher dedilhava em seu violão, às vezes, nas horas escuras da noite, quando nos víamos solitários no salão, despertava alguma semente próxima à sensação de quietude, algo que amenizava ímpetos irascíveis e aplacava ansiedades. Isso pelo menos não era apenas minha opinião, mas a de todos na casa. Mas o que sei eu hoje sobre música? Aprofundei-me tanto na medicina da mente que pensei não existir nada no mundo pior do que morrer, era esse o mote rebatido por mim como resposta pronta aos pacientes. "Não existe nada pior do que morrer", replicava eu quando alguém dizia ansiar pela morte.

Eu estava enganado. Esse medo que lhe abraça, que sobe pelo seu corpo como a água deste lago, é a pior coisa possível de se imaginar. Um medo sussurrante, soprado entre frestas; uma ordem vocalizada numa sentença claramente audível de poucas sílabas.

"Mate-se! Mate-se!"

Está ventando muito. O frio e a sensação gélida me envolvem. O céu. O céu está se abrindo naquela luz vermelha. O mesmo brilho da queda da casa, uma intenção luminosa vinda do mais fundo abismo que cobre a nós todos. Uma intenção vil, tão antiga feito as estrelas. O lago está se fechando, mas agora não mais sobre as ruínas da casa; a massa líquida envolveu meu corpo, devora-me, fecha-se sobre minhas pernas, contorce no meu tronco. "Mate-se!" Essa voz vem da luz, um grito vermelho estelar; ou vem de Madeleine? Esse mal cósmico, sórdido. "Mate-se!" Voltei aqui para tentar encontrar algum vestígio antigo de Usher e sua irmã, pois precisava eu saber se era dela a letra na carta. Mas a casa está toda debaixo do lago, devo eu, do mesmo modo, jogar-me por baixo do lago para que...? Ah!

Eu vejo agora. Minha letra. Minha assinatura, o meu selo. A carta havia sido assinada por mim!

Há quarenta anos eu escrevi essa ordem para mim mesmo. Eu sou o vilão de minha desgraça; um fantoche na eloquência da vilania. Há algo comigo aqui, esbarrei os pés em... Nela? A moça viva? Encontrei-a então, de fato, Lady Madeleine.

Não. São apenas as ruínas, um bloco pesado de rocha que pode-se deslizar para cima de mim... Assim. Preso e próximo do esmagamento. Pode ser esse bloco o dragão de Ethelred, uma criatura verde com tentáculos que está me puxando para o leito. Vou cerrar os olhos e deixar o lago se fechar, novamente (agora comigo junto) sob as ruínas da "Casa de Usher".

Colaboração na tradução

Danielle Tavares

Nascida e criada na cidade do Rio de Janeiro, formada em História, professora de Inglês e tradutora. Autora de contos independentes publicados na Amazon.

Instagram: @dancandocompalavras